JULIAN J. HETZ

igel von rechts

AF273131

Buch

Wie jedes Jahr will er an dem Tennisturnier in W. teilnehmen. Diesmal allerdings beschäftigen ihn im Zug auf seinem Weg dorthin mehr Gedanken als sonst. Es sind Reflexionen über sein bisheriges Leben, die schließlich in eine erleuchtende, aber tragische Erkenntnis münden…

Autor

Julian Jannis Hetz wurde 1991 in Regensburg geboren. Dort besucht er derzeit die zwölfte Klasse eines Gymnasiums. Mit der Novelle *Der Tennisspieler* liegt nach seinem Gedichtband *Ad Adria* sein zweites Buch vor.

JULIAN J. HETZ

igel von rechts

Eine Novelle vom Scheitern

Bibliografische Information der Deutschen
Nationalbibliothek:
Die Deutsche Nationalbibliothek verzeichnet diese
Publikation in der Deutschen Nationalbibliografie;
detaillierte bibliografische Daten sind im Internet
über http://dnb.d-nb.de abrufbar.

© Januar 2008 Julian J. Hetz
Herstellung und Verlag: Books on Demand GmbH, Norderstedt
ISBN-13:978-3-8370-7745-2

In besonderem Maße für eine über Schmerzgrenzen hinweg geduldige Fahrlehrerin und allen, die das Semester der 79 Stunden zu einem ganz normalen Sommer gemacht haben

1

Sicherlich wäre es besser gewesen, wäre ich nicht an dem Tag geboren worden, an dem ich geboren wurde, sondern einen Monat später. Dann wäre mir, vor allem jedoch meiner Mutter, viel erspart geblieben. Allerdings seien Kinder, deren Geburt nicht optimal verlief, sondern mit Komplikationen, später resistenter gegen Krankheiten aller Art und überhaupt, durchsetzungsfähiger und so weiter. Ob dies der Wahrheit entspricht, kann ich vielleicht beurteilen, wenngleich nicht eindeutig, jedoch möchte ich einen Versuch wagen, wenn ich mit 17 Jahren, und ja ich weiß, das ist reichlich früh, mein bisheriges Leben Revue passieren lasse.

Wie und wo soll ich anfangen? Bei der Geburt wäre sinnvoll, dann wäre eine gewisse Chronologie erkennbar. Ja, ich denke, das mache ich so.

Wenn ich nun in meinem Bett zu schreiben beginne, dann hat das die Tageszeit so bestimmt. Ich halte mich sonst nicht gerne in meinem Bett auf, außer zum Schlafen natürlich, aber genau in diesem Moment muss ich anfangen und zwar aus dem Grund, weil ich mir die Ausbildung zum Tennisprofi finanzieren will und ich keinen Aufhänger gefunden habe, als mein Leben, jedoch darauf hinweisend, dass dies keine Biographie ist, nein, ist sie nicht, es soll eine Novelle werden und zwar deswegen, weil ich in meinem Literaturlexikon gelesen habe, dass Novellen nicht lang sein müssen, aber einige Schriftsteller trotzdem viel Geld damit gemacht haben, wobei man das auch nie genau sagen kann. Mein Gott, sehen Sie sich mal den letzten Satz an, da weiß ich nicht, ob ich den so stehen lassen kann, wenn er nun von Kafka wäre, wie bei seiner Erzählung „Auf der Galerie" , die nur aus zwei Sätzen solcher Art besteht, hätte das bestimmt irgend eine Bedeutung, bei mir hingegen steht nur das da, was dasteht.

Mit meinem Vater habe ich weiß Gott auch hin und wieder Dispute, jedoch wahrhaftig nicht so viel wie Kafka mit dem seinigen. Über einen Komplex oder eine psychische Störung kann ich also nicht direkt berichten. Doch es gibt genug anderes, was dem zumindest gleichkommt.

Jetzt ist dann schon mal die Frage, womit wir auch schon wieder beim Thema wären, ob ich erzählen soll, wo ich geboren wurde, weil dann wissen alle wo ich herkomme und dann ist schnell publik, wer der Autor dieses Buches ist. Niemand, und ich betone *Niemand*, soll hiervon etwas erfahren, außer meinem Bankkonto. Also irgendein geheimes Bankkonto, sonst werden meine Eltern misstrauisch. Oder auch nicht. Je nachdem, wie es sich dann mit dem Erfolg verhält.

Nun, zwei Wochen später, nachdem ich wieder ein Turnier nach einer 0-6, 0-6 Niederlage frühzeitig verlassen musste, nachdem ich mich neu eingekleidet habe und hierfür auf verschiedene Reaktionen gestoßen bin; es war Überraschung und Verwunderung, warum gerade *ich* heute so *stylish* angezogen sei, beinahe sähe ich einem Player ähnlich. Ich lasse mir erklären, was man unter einem Player verstehe.

Ja, die haben so Hosen, die hängen ihnen bis in die Kniekehlen runter, haben einen Gürtel mit ihrem Namen drauf, oft auch so Cappys und sprechen schlecht Deutsch. Aha. Oft rede ich schnell und hastig, dennoch kann ich keine der genannten Eigenschaften, von denen ich nicht weiß, ob es nur Vorurteile sind oder ob es tatsächlich so ist, mir zuordnen und ich gebe mich mit dieser Auskunft zufrieden.

Wie gesagt, zwei Wochen später, ich habe mir auch einen neuen Wilson- Schläger angeschafft und bin begeistert von ihm, entschuldige ich mich für die pathetischen ersten Zeilen dieser Novelle, das Geld hingegen brauche ich immer noch.

Auch ist mir aufgefallen, dass ich entgegen meiner Gewohnheit, die mich auch dazu bewogen hat, eine, ja eben nicht Biographie, sowas ähnliches, über mein bisheriges Leben zu schreiben, über Vergangenes nachzudenken, nun verstärkt über die Zukunft nachdenke. Nach der angesprochenen Niederlage drängte sich auch mein ursprünglicher Berufswunsch, nämlich Lehrer zu werden oder *was mit Sprachen zu machen* und dem Tennis nur noch hobbymäßig oder vielleicht amateurmäßig zu frönen, wieder verstärkt in den Vordergrund, was mir eine gewisse Befriedigung verschaffte, denn ich dachte, nun endlich die passende Lösung gefunden zu haben.

Dann kamen die Unruhe und Unausgefülltheit wieder zurück und ich sah mich wieder auf den Sanden, den Rasen und den Rebound Acen, die, zumindest für mich, die Welt bedeuten, doch mit solchen, nennen wir es mal Ideen, findet man bei Klassenkameraden und Freunden kein Gehör, denn mögen sie sonst scheinbar so weltmännisch, verrückt, souverän, abgebrüht, tolerant, offen und so weiter sein und glauben sie mir: ich kenne Jugendliche, auf die jede dieser unterschiedlich anmutenden Eigenschaften zutrifft, so sind sie auch beschränkt und verweisen mich mit „Mach halt was Gescheites", „Du spinnst ja" oder „Da hättest du viel früher anfangen müssen" in die Schranken. In diesem Moment höre ich im Radio die ersten Takte von „Running against the wind", doch das ist nicht das passende Motto für mich, denn ich werde mich jetzt erst mal vom Wind treiben lassen; ich werde in drei Tagen, woran ich eher nicht gewöhnt bin, auf die Geburtstagsfeier eines Bekannten gehen und dort ein großes Glas Freiheit trinken (diese zugegebenermaßen schöne Metapher stammt leider nicht aus meiner Feder) und sehen, ob mir dieses Glas bekommt und ob ich die Dosis erhöhen werde oder eher enthaltsam sein werde.

Nebenbei werden mich die nun folgenden Reflektionen, eine Mischung aus Träumen und Wünschen aber auch Sorgen und Ängsten, sowohl meinerseits, aber auch anderer, in Atem halten und wenn sie nun wollen, dürfen sie dieses Buch gern aus der Hand legen, sofern es Sie jetzt schon langweilt, denn viel besser wird es nun auch nicht mehr; ich hoffe nur für Sie, Sie haben den Kassenzettel noch…

2

Er wachte auf, um zu trinken, weswegen er natürlich nicht aufgewacht war; sein Mund aber war so trocken, dass es das erste war, was er tat, nachdem er die Augen aufgeschlagen hatte.

Der Wecker zeigte 5:22, also musste er vor ungefähr drei Stunden eingeschlafen sein, denn als er zuletzt einen Blick darauf geworfen hatte, kurz bevor er eingeschlafen war, war es 2:17 gewesen.

Im Sommer war er 40 Jahre alt geworden und er wusste, dass es höchste Zeit war, aufzustehen.

Der Grund für sein frühes Aufstehen, noch dazu wenn man die Tatsache bedachte, dass es Samstag war, war derselbe wie die vergangenen 25 Jahre, ein Vierteljahrhundert, auch: das Tennisturnier etwa 80 Kilometer von seinem Heimatort entfernt, das an jenem Tag begann.

Wobei er all die Jahre nur den Beginn, nie das Ende dieses Turnieres erreicht hatte, da er, man konnte es konsequente Spielweise nennen, stets in der ersten Runde, ohne ein einziges Match gewonnen zu haben, ausgeschieden war.

Dieses Resultat war nur zu logisch, wenn man bedachte, dass er lediglich hin und wieder mit einem Bekannten aus Schulzeiten spielte, ja *spielte*, denn er hatte Spaß dabei; man konnte es auf keinen Fall Training nennen, denn Leistungsorientiertheit oder Drill steckten nie dahinter. Trotzdem liebte er die Atmosphäre dieses Turnieres, das auf einer wirklich schönen Anlage stattfand, einerseits wegen der Leute, die, bis auf einige Minderjährige, die sich meist mit mäßigem Erfolg mit der Aktivenszene messen wollten, stets in etwa dieselben waren und andererseits wegen der lockeren Wettkampfstimmung, die einem zwar vermittelte, dass es um 500€ Preisgeld für den Sieger ging, aber auch, dass niemand aufgrund einer Niederlage in einer Zeitung zerlegt wurde und sich nicht mehr auf die Straße trauen konnte.

Am Bahnhof dann versicherte er sich noch einmal, ob er wirklich den richtigen Zug ausgewählt hatte, da er zwar die genauen An- und Abfahrtszeiten vorher im Internet studiert hatte, sie jedoch, wie all die Jahre zuvor, nicht notiert hatte. Einmal nur war ihm an diesem Ort des Kommens und Gehens in der ganzen Hektik ein kleines „Unglück" passiert: Er hatte 10€, damals noch 20 Mark, zu viel gezahlt, weil er ein Ticket gelöst hatte, das ihn nicht nur bis nach W., sondern sogar bis nach H. gebracht hätte, diese zusätzliche Strecke allerdings war natürlich völlig überflüssig gewesen. Sicherlich konnte man sich nun die Frage stellen, warum er nicht einfach das Auto nähme, um sein Ziel zu erreichen. Nun, diese Frage hatte er sich selbst schon oft gestellt. Als er mit 22 sein erstes Auto bekommen hatte, da, ja da hatte er tatsächlich gedacht, das wäre die große Freiheit, die erste Frühlingsluft durch die weit geöffneten Fenster einatmend.

Er war weiterhin mit dem Fahrrad in die Arbeit gefahren. Das Auto hat die Garage seit dieser ersten und letzten Spritztour nie wieder verlassen.

So, noch die letzte Zeile bitte!

Die Optikerin ist so durchschnittlich, nicht zu dünn, nicht zu dick, nicht zu klein, nicht zu groß, nicht zu jung, nicht zu alt, dass er sich wünscht, Elton John würde ihr eine seiner schrillen Brillen aufsetzten und sie mal nach allen Regeln der Kunst durchnehmen.

Aber Elton John ist genauso wenig hetero, wie er beim Lesetest durchgefallen, wovon er ursprünglich ausgegangen ist. Ganz im Gegenteil: kein einziger Fehler, alles korrekt vorgelesen.

Aber er hasst die Optikerin nur noch mehr und sie, weil sie ihm keine Brille verpassen hat können, ihn ebenso. Er muss zehn Mark dreiundfünfzig zahlen, wobei die Summe ihn so aggressiv macht, dass er ihr am liebsten sein ganzes angerostetes Kleingeld auf den tadellos gereinigten Glastresen pfeffern würde. Brav gibt er elf Mark und stopft das Kleingeld in seinen davon bereits überquellenden Geldbeutel.

Sie verabschieden sich mit nichtssagenden Grußformeln, in der Hoffnung, sich nie wieder zu begegnen.

Danach fährt er mit dem Rad den Berg hinauf, den er immer überqueren muss, wenn er vom Zentrum her zurück nach Hause in den Vorort will.

Dieser Berg ist zu kurz, um ihn zu scheuen, aber dennoch lang genug, um ihm nicht gewachsen zu sein. Raufschieben will man sein Rad nicht, denn dafür ist er zu lang und man würde zu viel Zeit verlieren, aber wenn man ihn andererseits ohne abzusteigen erklimmen will, muss man über eine gewisse Grundausdauer verfügen, um nicht allzu sehr ins Schwitzen zu kommen.

Mit dem Wissen im Rücken, nun die erste Etappe auf dem Weg zum Führerschein gemeistert zu haben, fällt es ihm, wie meist, nicht schwer, diesen Berg zu überqueren; sicherlich hätte er auch den längeren und geraderen Weg nehmen können, der ihn genauso gut heimgeführt hätte, aber daran denkt er heute gar nicht.

Überlegend, ob er sich nun doch was zu essen kaufen sollte, oder sich auf seinen Reiseproviant, ein belegtes Brot, einen Apfel und ein paar Müsliriegel, verlassen sollte, simulierte er den ahnungslosen Menschen am Bahnhof. In seinem Versuch einer Art Mimikry möchte er eins werden mit Ankommenden und Fahrenden, mit dieser Masse, ohne allerdings mit ihr in Berührung zu kommen, mit ihren Gesprächen, Gerüchen, Ausscheidungen (ja, es befindet sich tatsächlich noch Erbrochenes vom vorhergehenden Abend unter einem Kunststoffsitz!), kurz mit dem nach Nietzsche allzu Menschlichen der Menschen.

Ein Kind brabbelte eine Phrase an der Hand seiner Mutter; dabei war es ihm völlig egal, ob es sich um einen Junge oder ein Mädchen handelte, er merkte lediglich, wie ihm der Schweiß ausbrach. Meine Güte, was sollte er denn jetzt machen? Vielleicht einfach wegschauen, dann würde es vermutlich von ihm lassen, aber bloß nicht zu auffällig, dann stünde er als Kinderfeind da und würde mehr

Aufmerksamkeit als nötig erregen.

Oder vielleicht doch ein vorsichtiges Lächeln gen Kind wagen, in eine verhaltene Offensive gehen, aber um Gottes Willen nicht zu freundlich, sonst würde es sein „Gespräch" (nein, dieses kindliche, kaum verständliche Murmeln konnte man nicht Sprechen nennen, „Gespräch" kam von „Sprache" und diese konnte er bei dem Kind beim besten Willen nicht feststellen) mit ihm wohlmöglich fortsetzen wollen.

Am Ende der Rolltreppe schieden sich die Wege der beiden Parteien und er merkte, wie der Schweiß auf seiner Haut langsam anfing,

sich kalt anzufühlen.

Verschwitzt kommt er zu Hause an, denn in seinem Elan hat er es ein wenig übertrieben mit der Geschwindigkeit und der Gegenwind ist auch nicht stark genug gewesen, den Schweiß zu trocknen.

Dringend muss er jetzt da anrufen…ja, wo eigentlich, er hat die Nummer der Zentrale, die die Erste-Hilfe-Kurse veranstaltet, bekommen, von seinem Fahrlehrer, aber es stehen noch andere Nummern auf dem Zettel. Ihn beschleicht ein ungutes Gefühl und er legt sich im Kopf einen Standardsatz zurecht, falls er falsch verbunden sein würde.

Ah, falsch verbunden…nein das klingt zu unhöflich, denn dann müsste er entweder unvermittelt auflegen ohne das förmliche „Kein Problem. Wiederhören" abzuwarten auf eine apollogierende Phrase seinerseits oder eben etwas sagen, aber dann besteht die Möglichkeit, dass sich daraus ein Gespräch, ein kurzes zwar, aber immerhin, entwickeln würde. Dem will er ausweichen.

Entschuldigen sie die Störung...Wiederhören..., das ist zu förmlich. Sie würden seine jugendliche Stimme erkennen und ihn insgeheim auslachen wegen dieses geschwollenen Dahergeredes. Er liebt Floskeln diese Art, archaisch anmutend, aber diese will er auch nicht benutzen.

*Oh, bin ich dann nicht mit der Zentrale verbunden, die wo die Ersten-Hilfe-Kurse veranstaltet...*das ist gut, denn er weiß dabei genau, dass er *nicht* mit der Zentrale verbunden ist, da sich ja jemand anderes melden würde, aber es wäre dann an seinem Gesprächspartner, „nein" zu sagen und aufzulegen oder, und das wäre natürlich noch besser, er würde ihm sagen, wie denn die wirkliche Nummer der Zentrale hieße. Zusätzlich würde das umgangssprachliche „die wo" seinem Satz eine gewisse Leichtigkeit verleihen; diese dritte Überlegung ist eindeutig die Beste. Er ist jetzt überzeugt.

Er ist beim ersten Versuch mit der Zentrale verbunden. Alles umsonst. Jetzt weiß er nicht, was er sagen soll, denn den Fall, dass er beim ersten Versuch gleich den Richtigen in der Leitung haben würde, hat er nicht eingeplant.

Bitte?!

Diese eindringliche Aufforderung, ein Lebenszeichen von sich zu geben, lässt ihn seinen Namen sagen und sein Anliegen bezüglich des Kurses vorbringen. Er muss Name

und Anschrift nennen und wird aufgefordert, bei Erscheinen zum Kurs, seinen Ausweis mitzubringen, um seine Identität zu
bestätigen.

Wieso muss man eigentlich ständig seine Identität bestätigen, wenn man selber nicht mal genau weiß, wer man ist, dachte er, als er seinen Ausweis in den Zigarettenautomaten
steckte. Er rauchte nur selten und umso seltsamer war es nun, dass er sich gerade jetzt Zigaretten kaufte; im Zug war das Rauchen untersagt und vor der Abfahrt blieb ihm auch kaum mehr Zeit.

Er steht also auf und es ist diese psychische Ohnmacht, die ihn immer befällt, wenn eine schwierige Aufgabe vor ihm liegt, der er glaubt, nicht gewachsen zu sein. Sie wird umso stärker, je weniger er über das Bevorstehende weiß und er weiß ganz und gar nicht, was bei diesem Kurs auf ihn zukommen wird.
Er wäscht sich, zieht sich an und dann wird er vor die schwere Frage gestellt, ob er nun frühstücken soll oder nicht. Hunger hat er überhaupt nicht. Aber wenn er mit knurrendem Magen dann dasitzen würde in dem Kurs, dann wäre ob seiner von seinem Körper produzierten Geräusche die Aufmerksamkeit ziemlich bald auf ihn gerichtet.
Ach, er würde sich schon nicht übergeben, wenn er ein

Stück von einem Müsliriegel essen und eine Tasse Tee trinken würde.

Aber keinen Schwarzen, um Gottes Willen keinen schwarzen Tee! Einmal hätte er sich während einer Englischschulaufgabe beinahe übergeben, weil er in der Früh schwarzen Tee getrunken hatte. Gottseidank hatte er sich, wie immer in solchen Fällen, eine Tüte eingepackt und sie beruhigt ihn psychisch, dergestalt, dass wenn er wirklich kotzen müsse, *etwas da* wäre. Als sich das Gefühl der Übelkeit dann nach der Schulaufgabe in ein Gefühl des Hungers gewandelt hatte, ärgerte er sich wieder mal über sich selbst wegen seiner Angst.

Er würde mit dem Bus zur Zentrale des Roten Kreuzes fahren, mit dem Fahrrad würde er schon bei Ankunft alle Blicke auf sich ziehen. Er wäre wahrscheinlich wieder der Einzige, der das Fahrrad nähme, alle anderen kämen mit dem Bus.

Innerlich will er dieses Argument nicht gelten lassen, also beruhigt er sich mit den paar grauen Wolkenfetzen am Himmel, die er zum Anlass nimmt, das Rad in der Garage stehen zu lassen.

Kurz bevor der Bus sich brummend in Bewegung setzt, übermannt ihn eine kurze Welle der Panik und er ist drauf und dran, wieder auszusteigen, aber er bleibt dann doch sitzen.

Er dachte an ein ganz bestimmtes Motiv, an das er auch denkt, als er damals im Bus sitzt auf dem Weg zum Erste-

Hilfe-Kurs; es handelte sich um die Mund-zu-Mund-Beatmung.

Vor 50 Jahren, als seine Eltern jung waren, lachten sie sich sicherlich den Ast über diese gestellten Szenen, als ein schwer verliebtes Mädchen und ein schüchterner Jüngling sich auf diese Weise immer irgendwie ganz rein zufällig näher kamen.

Vor 18 Jahren (da war er „jung") konnten diese Szenen nur noch ein müdes Lächeln auf die Gesichter des Publikums zaubern.

Und nun, (da er (mit 38) „alt" war, weil in diesem Alter war man ja eindeutig alt, quasi am Ende, oder? oder?!; er fand weder Bestätigung noch Ablehnung in sich selbst und den ihm gegenüber sitzenden vergleichsweise „älteren Herrn", der im Begriff war, einzuschlafen und dessen eben verzehrte Wurstsemmel ihm wieder aus dem Mund hervorzuquellen drohte, wollte er bei Gott nicht um Rat fragen) ja nun, da konnte man es nicht mal mehr mit nackten Körperteilen, die (hoppla!) in den absolut total ungelegensten Momenten (wie peinlich!), zum Vorschein kamen, unbedingt zum Lachen bringen; und ihm kam der Gedanke, dass die Regisseure auch verdammt arme Schweine waren, denen das Geld nicht mehr einfach so in die Hände fiel, aber er konnte diese Theorie auch auf keine konkreten Tatsachen stützen, wollte selbst einfach kein Regisseur sein, aber eigentlich auch kein Drehbuchautor oder Filmmusikkomponist. Aber Schauspieler?

„Hey du Schauspieler, mir san doch da ned in am

Äktschnfilm", ermahnt ihn die durchaus rabiate Leiterin des Kurses in unverkennbar niederbayerischem Akzent.

Er hat den ihm gegenüber eher störrisch eingestellten Türken Runo (seit wann heißen Türken eigentlich Runo?) wohl mit etwas zu viel Einsatz aus seinem „Auto" mit dem Rettungsgriff befreien wollen.

Das Auto übrigens stellt einer jener bepolsterten Stühle dar, denen man es auch nach zwanzig Jahren nicht anmerkt, wenn jemand es nicht rechtzeitig schafft, irgendwelche Innerlichkeiten seines Körpers rechtzeitig von A nach B zu transportieren. Aus diesem Grund werden solche Stühle auch häufig in Altersheimen verwendet.

Ihn allerdings stört das wenig; wenn er mit dieser Sache hier fertig wäre, würde er sich sowieso bis auf die Haut ausziehen und alles bei 60, nein besser bei 90 Grad, waschen.

Die Leiterin lässt es also bei seinem ersten, missglückten Versuch, Runo aus dem vermeintlich zercrashten Auto zu befreien, bewenden und nun ist dieser an der Reihe, ihm zur Hilfe zu kommen; Runo packt heftig, aber bestimmt zu und so bedenkt sie ihn mit einem herben „Jawoll!".

So, nun hat er seinen Status als „normaler Anonymer" schon verspielt und dementsprechend nervös geht er an die nächsten vorzumachenden Übungen heran.

Umso erleichterter ist er dann aber, als er erfährt, dass er die Herz-Druck-Massage und die Mund-zu-Mund Beatmung im Verhältnis 30 mal drücken zu 2 mal durch Mund oder Nase beatmen an einem Modell durchführen darf.

Seine verbleibende Restangst, nämlich, dass ein und dasselbe Mundstück zur Beatmung eingesetzt werden müsse, löst sich schließlich auch in Luft auf, dergestalt, dass jeder sogar eine eigene Maske von der Leiterin erhält.

Inzwischen ist es Nachmittag geworden und es wird angekündigt, es gehe nun darum, Wunden und eventuelle abgetrennte Körperteile („as Amputat", wie die Leiterin es bezeichnet und diese missliche Lage des Verlierens eines Körperteils durch extra grausame Beispiele mit persönlichem Hintergrund verdeutlicht „a Cousa von meim Mo hat a mal mit da Wurschtschneidmaschin...") bestmöglich zu versorgen. Hierbei stellt sich ihm die Frage, wie man den einen abgetrennten

Daumen beispielsweise „versorgen" kann?

Doch darüber wird er gleich aufgeklärt: „Den Daumen dann einfach in a Plastikdüdn nei und dann no a kalts Wasser und Eiswürfel nei".

Er wollte nie Metzger werden und will es nun nur noch weniger, nach Betrachtung des in Wasser schwimmenden pseudoschrecklichen – ihn aber doch erschreckenden - Halloween-Plastikimitats eines abgetrennten Daumens (das Pendant aus den höheren Regionen des menschlichen Körpers, ein Gummibärchenauge, wird als dem Anlass angemessener, grobschlächtiger Witz dem Publikum zum Verzehr angeboten; man bedient sich spärlich).

Das für ihn größte zwischenmenschliche Inferno allerdings folgt erst einige Zeit später; man muss nun seinen Sitznachbarn mit Hilfe eines Dreieckstuchs bzw.

Druckverbandes verbinden und er hat die Wahl. Entweder der zupackende Türke Runo links von ihm oder ein mit jugendlichen Statussymbolen ausgestatteter schwarzhaariger Deutscher rechts von ihm, der ihn mit einer Mischung aus Abschätzigkeit und Herausforderung betrachtet.

Eigentlich wäre ihm Runo als Partner lieber, doch fürchtet er sich vor vielleicht auftretenden Verständigungsschwierigkeiten und innerlich zerrissen entscheidet er sich dann doch schweren Herzens für die rechte Seite, zumal keiner der beiden die Initiative selbst ergriffen hat und ihm somit die Entscheidung abgenommen hätte.

Er handelt auf die denkbar ungünstigste Weise; er hasst es sowieso schon, einfach so fremde Menschen anzufassen, und dieser Schnösel macht ihn jetzt auch noch nieder „Hey, Mumie will ich fei keine werdn". Und als er in diesem Moment auch noch die Enttäuschung Runos sieht, der nun ohne Partner dasteht, bricht ihm der Schweiß so heftig wie schon lange nicht mehr aus.

Er hat sich definitiv für die falsche Seite entschieden, wobei er nicht einmal mit Gewissheit sagen könnte, dass die andere besser gewesen wäre, aber er merkt, dass er in eine ausweglose Situation geraten ist und erst die die Übung abschließenden Worte der Leiterin „also lass mas guad sei" erlösen ihn; obgleich er die brennenden Blicke von beiden Seiten noch deutlich spüren kann, ohne auch nur einmal hinsehen zu müssen.

Das Highlight des Nachmittags, bei dem er, Gott seis gedankt, einmal nicht im Mittelpunkt des Geschehens steht, ist die Gesamtwiederholung und die Evaluation der vergangenen sechs Stunden.

Peter Penndanski gibt einige erlebte Geschichten aus seiner über zwanzigjährigen Karriere als LKW-Fahrer preis.

Ihm stellen sich dabei zwei Fragen. Erstens, wie hatte es dieser Mann mit sächsischem Akzent wohl geschafft über die Mauer „rüberzumachen"? Wobei er sich gut vorstellen konnte, dass dieser durchaus ungewöhnliche Mensch sich wohl auch drunter hätte durchgraben können. Zweitens, wieso macht dieser Mann wohl schon seinen vierten (!) Erste-Hilfe-Kurs, wenn er doch ein offenbar so erfolgreicher und von sich selbst überzeugter Fahrer ist. Da muss schon noch mehr dahinter stecken, als nur die von ihm als Grund für den Besuch des Kurses angegebene „Auffrischung".

Er erzählt jedenfalls: „Mensch, Blut, Blut, wenn dann nur noch Blut (und man kann sich bei jedem Mal, als er das Wort ausspricht, vorstellen, wie es röter und röter wird) is, was willste dann mit deiner stabilen Seitenlage, die hilft ja dann auch nix mehr!"

„Ja , Beda", interveniert die Leiterin, „mir kena uns des scho vorstelln wias dia da ganga is in dem Moment, aber drum macha ja mir des da mit dem Kurs, weil…"

„Mensch, wie die Coladosen sin die zusammengedrückt wordn, die ganze Familie, was willste da noch sagn, da kannste nix mehr sagn…"

Die Teilnehmer des Kurses schwanken alle zwischen

gespielter Betroffenheit und einem verhaltenen Schmunzeln ob des plötzlichen Gefühlsausbruches des Sachsen; auch er gehört zu den Schmunzelnden.

Erst später, als er die Räumlichkeiten des Roten Kreuzes verlassen hat, denkt er, dass er eigentlich gar nicht so Unrecht hatte. Sicherlich, seine Kritik war an *der* Stelle vielleicht etwas unangebracht, da es ja in diesem Kurs um die Situationen, in denen man *etwas tun konnte*, und nicht um die, in denen jegliche Hilfe vergeblich war, gegangen ist. Aber er traute sich wenigstens, das Unaussprechliche zu sagen, das wahrscheinlich bei den meisten Teilnehmern auch im Hinterkopf war: Was tun, wenn man nichts mehr tun konnte?

Er denkt noch einige Zeit nach über diese Begebenheit, als er feststellt, dass es für einen Samstag Ende Februar eigentlich viel zu warm ist, aber dass ihn dieser Umstand keineswegs irritiert, schon gar nicht stört.

Er schlendert noch einige Zeit durch die Fußgängerzonen und hofft, wie immer bei einem Gang durch die Altstadt, nicht von einer Ladung Taubenkot getroffen zu werden; das wäre eine hygienische Katastrophe mittleren Grades für ihn.

Er bleibt vor einem Modegeschäft, dem bei den Jugendlichen bekannten und häufig frequentierten „Sutit" stehen und geht hinein.

Dort sieht er in einem Eck eine Mütze, seiner Auffassung nach ist es eine Art Baskenmütze, die ihm auf Anhieb gefällt, und er zieht sie an und sucht einen Spiegel.

Er betrachtet sich, nimmt die Mütze energisch ab, wirft sie in eine Ecke und stürzt aus dem Laden.

An einem zu warmen Februartag im Jahr 1986 verzweifelt ein junger Mensch an einer Mütze.

3

Der Zug setzte sich nach einem kurzen Halt wieder in Bewegung, in guten Büchern würde wohl stehen *ratternd,* aber Züge ratterten schon lange nicht mehr. Das war mal. Inzwischen konnte man im besten Fall noch ein Quietschen hören beim Losfahren.

Der Zug quietscht also los und er packt weder Butterbrote aus Butterbrotpapieren wie sein jetziges Gegenüber, der Prototyp eines 25-jährigen Angestellten, dessen Butterbrotpapier nicht nur optisch transparent ist, sondern auch was das Material, nämlich die Butter, angeht (die sich mit Handschweiß vermengt schlierenförmig über seine Bürohände verteilt)an Durchsichtigkeit besitzt, noch labt er sich an kaltem Mineralwasser, das seinem Besitzer, einem babyhaft wirkenden Bodybuilder, allerdings auch nicht dabei zu verhelfen in der Lage ist, seinen Durst zu stillen, da er trotz aller in ihm scheinbar schlummernden Kräfte es nicht schafft, die Flasche zu öffnen.

Was ihn vielmehr während dieser Zugfahrt beschäftigt, ist ein Geheft bestehend aus ehemaligen Führerscheinprüfungsfragebögen, die er von dem Leiter der Fahrschule bereits vor formal durchgeführter Anmeldung mit den Worten „de gib i da etz mit, aber de dauchn dann scho no auf in da Endabrechnung, koa Angst, also, mein Freund (diese Phrase sprach er betont hochdeutsch): ned faschmeißn!" überreicht bekommen hat.

Er empfindet für diese Fragen weder Sympathie noch Abneigung, sondern vor allem wundert er sich über die stark divergierenden Schwierigkeitsgrade, die den einzelnen Fragen inne wohnen; noch mehr aber beschäftigen ihn jene Bekannten, die behaupteten und immer noch behaupten, man müsse doch nichts lernen für die theoretische Führerscheinprüfung; man müsse doch — vorausgesetzt natürlich, man besitzt diese Fähigkeit (und die, die von sich wussten, die Logik mit Löffeln gefressen zu haben, bedachten diejenigen, die jährlich in Mathematik und Physik durchzufallen drohten, mit einem spöttisch-mitleidenden Blick dabei) — nur logisch denken und schon

26

sei das alles kein Problem mehr.

Ob Drogen Rauschzustände, Abhängigkeit und Sucht verursachten?

Oder doch eher für anhaltende Verbesserung der körperlichen und geistigen Leistungsfähigkeit verantwortlich seien?

Er ärgert sich über solch einfache Fragen und hat aber gleichzeitig Angst, in der Prüfung, aufgrund einer anderen Fragestellung beispielsweise, bei genau so einer Frage zu versagen.

Nun will man aber andererseits auch wissen, wie viel Meter der Brems- bzw. Reaktions- bzw. Anhalteweg bei einer bestimmten Geschwindigkeit sei.

Nicht nur, dass er mit diesen drei Größen regelmäßig durcheinanderkommt, er gedenkt jetzt auch der Worte Peter Penndanskis.

Was helfen einem jene Begriffe, wenn einem der Reifen platzt und man sich mehrere Male überschlägt?

Ist es dann nicht egal, wie viel Meter man mit dem Dach auf der Fahrbahn „weiterfährt"?

Ist dann nicht das einzige, woran man denkt, wie stark die Quetschungen der „Coladosen" (hierbei näselt er den sächsischen Dialekt in Gedanken nach und muss schmunzeln) wohl ausfallen werden?

Jahaaa, was ist denn dann?

Diese schwer zu beantwortende, beinahe rhetorisch anmutende Frage wirft er in Gedanken in ein imaginäres Publikum, wie es Franz Josef Strauß wohl auch auf seinen jährlichen Passauer Aschermittwochsreden tun würde. Wenn man allen Ausländern Asyl gewähre wie diverse andere politische Parteien und dann brächten die, völlig grundlos, (diese Apposition wäre es Franz Josef Strauß wahrscheinlich wert, sie zu wiederholen, um die Dramatik seines Gleichnisses zu unterstreichen) einen unschuldigen deutschen Staatsbürger um; Jahaa, was denn dann sei; das würde er vielleicht sagen. Als er sich von diesem gedachten Rednerpult wieder runterbewegt hat, bleibt ihm sein Gedächtnis (wie schon 3 Mal zuvor, das hat er notiert) die Antwort auf die notwendige Mindestprofiltiefe eines Autoreifens schuldig.

Edmund Stoiber hatte 2007 seine letzte Aschermittwochsrede als amtierender Ministerpräsident gehalten. Daran erinnerte er sich jetzt wieder. Das war jetzt auch schon wieder über ein Jahr her. Es war darum gegangen, ob eine gewisse Politikerin der Grünen denn noch alle Nadeln an der Tanne habe und dass sie sich erdreiste, muslimische Feiertage einführen zu wollen; diese Vorstellung war ihm scheinbar so arg zuwider, dass er sich mit einem kumpelhaften „Ja mei!" - nach dem Motto: ich bin doch einer von euch, ich verstehs ja nicht mal als Spitzenpolitiker und wie sollt ihr das dann erst verstehen, wir sitzen doch somit alle in einem Boot – davon distanziert hatte.
Nein dieser Kasperl (das sollte übrigens keine abwertende Beurteilung sein; das Profil dieses Mannes erinnerte ihn

schlichtweg an den „Ur-Kasperl" aus den Puppentheatern seiner früheren Kindheit) konnte es einfach nicht mit dem Rhetoriker Strauß - man konnte von ihm halten, was man wollte - aufnehmen.

Draußen ziehen jetzt gerade – changierend – hügelige Felder und Waldstücke vorbei; wobei die Waldstücke seiner Auffassung nach so unnatürlich zerklüftet sind, dass man meinen könnte, es handele sich um ein Waldstück, das – einst jeden Sonntag von den Großeltern genutzt, um anlässlich dieser typischen 60er Jahre Ausflügen, der ganzen Familie Ruhe, Erholung, Glück zu bieten – nun an die nächste Generation übergegangen sei und diese nicht so recht wisse, was nun mit solch einem Besitz anzufangen sei. Natürlich will man dieses Juwel, diesen damaligen Ersatz der Großeltern für heutige einwöchige Pauschalreisen in die „Domrep" erhalten, konservieren, wie zu viel Obst aus dem Garten, dessen man überdrüssig ist, das teilweise verfault ist, das man aber doch nicht einfach dem Kompost überlassen will und somit einkocht. Aber wer soll sich denn um den Wald kümmern? Meistens ist es der männliche Part der Familie, der als erster den Versuch unternimmt, die Nostalgie mit der Realität schachmatt zu setzen und spöttisch zum Besten gibt: Willst du vielleicht die Kinder mit der Kreissäge zum Roden in den Wald schicken; gib ihnen aber ein paar Brotkrumen mit, damit wir sie wieder finden, wenn sie nicht mehr zurückkommen, ich hoffe bloß, es gibt keine Vögel, die sie aufpicken, denn dann sind deine Kinder leider weg und kommen nie wieder heim und ich bleibe ein armer Holzfäller und wir sterben in Armut.

Die Frau denkt sich nun ob ihres mit dem Märchen „Hänsel und Gretel" kokettierenden Mannes: Halt doch die Fresse, du Arschloch!

Und sagt: Vielleicht ist es wirklich besser, wir verkaufen.

Er wundert sich, wie er beim Anblick eines simplen Waldstückes auf derart abstruse Gedanken kommt, bis ihm in den Sinn kommt, dass seine Eltern ja auch einmal ein solches Waldstück besessen haben. Ist die Situation damals nicht auch so gewesen? Vielleicht nicht ganz, aber irgendwas ist auch da vorgefallen? Er weiß es nicht mehr genau und wo das Waldstück gelegen ist auch nicht und ob es nun letztendlich verkauft wurde erst recht nicht.

Wo ist er vorhin stehen geblieben: Ja, es ging um Rhetoriker. Bei diesem Wort kommt ihm unvermeidlich der den Theorieunterricht gebende, die Fahrschule besitzende Georg – man solle ihn Schorsch nennen – in den Sinn. Dieser Mann kann wohl reden, denkt er. Seine Sympathie für ihn wechselt während der eineinhalbstündigen Theoriesequenzen oft von Augenblick zu Augenblick. Wenn er ein Plädoyer für die Langsamkeit hält – nun gut, muss er sich eingestehen, der sich in 50er Zonen oft nicht gern über die rote 30er Nadel seines Tachos hinwegzusetzen vermag, es handelt sich wohl eher darum, Geschwindigkeitsbegrenzungen einzuhalten – und zwar aus dem Grund, dass er schon einmal einen tödlichen Unfall auf einer Landstraße gehabt habe, wegen eines Rentners der mit zu schneller Geschwindigkeit – ja!, er war *zu schnell* - die Kurve geschnitten habe und somit frontal in seines Fahrschülers Auto hineingerast sei, wobei er und der Fahrschüler nur mittelschwer verletzt waren, der Rentner aber tödlich, dann, in diesen Momenten, liebte er diesen Mann.

Zu anderen Zeiten allerdings, wenn er voll patriotischem Stolz begann, über die Nachteile und Tücken der ausländischen Regelungen im Straßenverkehr herzuziehen, natürlich ohne zu vergessen, gesondert auf die deutschen Vorzüge hinzuweisen und schließlich warnte, dass Ordnungswidrigkeiten im Ausland schlimmstenfalls sogar darin gipfeln könnten, mit einem „Negerbullen" im Gefängnis eingesperrt zu sein und zuallerletzt einige Anekdoten über diverse „Unfähigkeiten" gewisser Fahrschüler preisgibt – wobei er selbst in 95% der Fälle einräumen muss, dass er wohl auch diese „Unfähigkeiten" begangen hätte – dann fragt er sich, ob das noch derselbe Mann ist, wie gerade eben noch.

Die Ausstattung der Fahrschule ist weder altmodisch noch modern. Man hat sogar einen Tageslichtprojektor angeschafft, der aber bis jetzt noch nicht hergenommen worden ist und wohl schon seit längerer Zeit als „stummer Diener" für Schorschens Nylonjacke, auf der das stolze Logo der Fahrschule prangt, avanciert ist.

Die Stühle haben keine Schreibbretter, stattdessen scheint es ein festeingespieltes Ritual zu sein, sich noch vor Beginn der Sequenz eine aus angerostetem Metall – er meint zumindest, es sei Metall – bestehende Schreibunterlage zu holen und darauf mit Hilfe eines Stiftes (den natürlich auch das Logo „Schorschs Fahrschule" ziert, hier aber lange nicht so gut zur Geltung kommt wie auf der Jacke) einen Testfragebogen auszufüllen.

Bei der Rückgabe dieser Fragebögen bedient er sich stets desselben Wortspieles.

Ob es denn Fragen zu den Fragebögen gebe.

Warum er denn immer noch so viele Fehler habe, würde er gerne fragen. Sagt aber nichts.

Denn auch die Tatsache, dass niemand Fragen zu den Fragebögen hat, scheint zu den Riten dieser Institution zu gehören und die Institution schlechthin – Schorsch – scheint dies auch schon bei so mancher Generation von Fahrschülern propagiert zu haben.

Er wohnt immerhin einen knappen Kilometer von der Fahrschule weg, ist aber von Anfang an immer nur zu Fuß dort hingegangen.

Warum er denn nicht das Rad nehme, hat seine Mutter ihn einst gefragt.

Diese Frage hat er selbst nicht recht beantworten können. Er vermutet, dass es wohl damit zusammenhängen muss, dass er nach jeder überstandenen Sequenz so erleichtert ist, dass es ihm ganz egal ist, ob er nun zu Fuß geht oder mit dem Rad fährt. Er überquert dabei sogar den Berg, obgleich auch ein ebener Weg zurück nach Hause zur Verfügung stünde. Doch auch das ist ihm dann egal.

Mit federnden Schritten die Fahrschule hinter sich lassend, muss er jedes Mal daran denken, dass diese Fahrschule, dieser Mensch und seine Art sich wohl in den nächsten 20 Jahren nicht verändern würden. Vielleicht würde er heiraten und Kinder bekommen, aber auch dann würde er bestimmen, wann es Kinder gebe; ob es überhaupt welche gebe. Vermutlich würde er – falls die Wissenschaft es bis dahin möglich machen würde – sich wohl am liebsten selbst das Kind einpflanzen lassen, nur um ganz persönlich Herr darüber zu sein, wann es zur Welt käme. Nicht zuletzt würde dann in ihm etwas wachsen, was ja im Endeffekt aus ihm selbst käme. Er konnte sich vorstellen wie diesem Fahrlehrer dieses gebündelte Abbild seiner selbst gefallen würde – diese geballte Ladung „Schorschsein"- wie ihn das befriedigen würde, auch über den Tod hinaus noch als „zweite Ausführung" auf der Erde zu existieren.

In diesem Augenblick ist er so vernarrt in diesen Gedanken, dass er meint, wenn dieser Fall einmal nicht eintrete, müsse die gesamte Menschheit daran zu Grunde gehen.

Dieser Fall trat auch tatsächlich nicht ein; zwar konnte er feststellen, als er vor einigen Wochen betont unauffällig – was ihn erst recht hatte auffallen lassen, als einen behinderten Lackaffen, der anscheinend gar nichts anderes hatte wollen, als auffallen – zu den Fenstern der Fahrschule hineingeblickt hatte, dass sich in der Tat seit nunmehr *zweiundzwanzig* Jahren, was das Inventar anging, nicht verändert hatte.

Schorsch war zwar dicker geworden; das hatte er aber weniger auf eine künstliche Schwangerschaft, als vielmehr auf übermäßigen Konsum von Bier und Plätzchen (von denen, soweit er sie zählen hatte können, acht Packungen – sowohl leere als auch angebrochene – herumstanden) zurückgeführt.

Auch ein schneller Blick auf die Schreibbretter hatte ihm bestätigt: sie waren noch dieselben. Angefressen vom Zahn der Zeit, aber sicherlich die Gleichen wie damals.

Jetzt fragte ihn ein ältlicher Mann, dem Aussehen nach türkischer oder arabischer Abstammung: Hier frei?

Er war völlig überrumpelt und beteuerte: Natürlich, natürlich, sei frei, und bemühte sich, seine große Sporttasche zu sich selbst hinzurücken, so dass auch sein Nachbar in den Genuss von ausreichender Beinfreiheit käme.

Als der Türke – er nannte ihn trotz mangelnder politischer Korrektheit „Türke" und schämte sich ein wenig dafür – sein vergebliches Bemühen feststellte, denn die Tasche war einfach zu groß, als dass man sie auf nur eine Seite hätte ziehen können, beteuerte er: Nein, in Ordnung so!

Er dachte, dass sich dieser Mann eine solche Devotheit wohl im Laufe der Jahre angewohnt hatte; man ist ja bloß Gast in diesem Land, man ist froh und dankbar für alles, was man bekommt und man beschwert sich – um Gottes Willen, oder wohl besser – um Allahs Willen - (er wusste nicht, ob es diese typisch deutsche Floskel im Türkischen gab, aber fand, man könnte sie so durchaus in gutes, idiomatische Türkisch übersetzen) nicht über einen geschenkten Gaul (bei diesem Ausdruck verzichtete er auf eine angemessenen Übersetzung). Diese Tatsache der Unterwürfigkeit kam einigen deutschen Arbeitgebern sicherlich nicht ungelegen und aus eben diesem Grund wollte er dagegen ein Zeichen setzen. Und es scheiterte an der Größe seiner Sporttasche! Daran scheiterte also Integration. An der Größe von Sporttaschen. Um Allahs und Gottes Willen!

Nadine ist krank. Diese Botschaft trifft ihn hart. Seine Fahrlehrerin sei krank. Ein Angestellter fängt sich im Betrieb eine Grippe ein oder ein Kind kommt mit einem Magen-Darm-Virus aus dem Kindergarten. Das kann ja alles möglich und vorstellbar sein. Aber nein!; seine Fahrlehrerin ist krank, das kann doch nicht wahr sein.
Und dass Nadine Schorschens Verlobte ist, konnte er sich auch nicht vorstellen. Wie viel Geduld man wohl aufbringen müsste, es mit diesem Menschen auszuhalten?
Dann ist Schorsch, der ihn über den jetzigen „Status Quo", wie er es nennt, unterrichtet, wobei er sich ihm aber nicht sagen traut, dass, wenn er schon „Status Quo" sage, das „jetzigen" ja völlig überflüssig sei, da es eben im „Quo" schon vorkäme, also wirklich unnötig sei.
Das hat er nicht geahnt.
Natürlich, Nadine hat gestern schon kaum mehr laut reden können während der Fahrstunde. Nun gut, das ist aber etwas anderes gewesen. Da ist sie eben „nicht ganz fit"

oder „gesundheitlich angeschlagen" gewesen. Alles kein
Grund, um in Panik zu verfallen. Doch nun sei sie „krank";
und dieser ungeschminkte Wahrheitsgehalt schockiert ihn
zutiefst. Das bedeutet also, um es klar auszudrücken: Nicht
einsatzfähig! Und somit auch nicht mehr seine Fahrlehrerin.
Zumindest für die nächsten Tage. Oder doch länger? Das
muss er jetzt wohl herausfinden, indem er bei Peter
nachhakt. Es ist ja jetzt Dienstag und am Freitag solle er
Prüfung fahren.

Ob es denn die Erkältung sein, fragt er also.

Ha!, kommt es durch den Apparat zurück.

Diese Antwort verunsichert ihn und er beschließt, sie zu
ignorieren und probiert es noch einmal.

Ob es schlimmer geworden sei.

Ha, Ha!

Mein Gott, was ist denn jetzt los? Soll er persönlich
vorbeikommen und Opfergaben für die Patientin
darbringen, oder was? Ist es das, was er will? Er nimmt also
allen Mut zusammen und stellt die Gretchenfrage dieser
Konversation, auf die er nichts anderes als eine konkrete
Antwort bekommen kann.

Was denn jetzt genau los sei.

Ha, Ha, Ha…

Oh nein,…

Doch dann geht es normal weiter.

Nicht nur, dass die sich eine Grippe (dieses Wort spricht
Schorsch so aus, als sei es die höchste Strafe des höchsten
Fahrschulgottes für ein nicht wieder gutzumachendes

Vergehen) eingefangen habe, nein sie sei mit einem *Mann von den Stadtwerken,* (hierbei wird nun definitiv klar, dass es sich *nicht* um einen *Mann von den Stadtwerken* handelt, sondern im besten Fall noch um einen alten Bekannten Nadines und im schlechtesten um eine Affäre, die das traute Glück durchkreuzt hat) als sie den *Stromzähler ablesen wollten* (diese Betonung lässt keine Zweifel mehr an seiner Theorie mit der Affäre) die Kellertreppe hinuntergefallen und seine *momentane* Verlobte (Oh, Oh!) habe sich hierbei den Fuß gebrochen und falle nun mehrere Wochen aus.

Nachdem er diesen Schock, mit dem er bereits vorher gerechnet hat, den Umständen entsprechend schnell verdaut hat, ist für ihn die nächste wichtige Frage, wer denn wohl sein künftiger Fahrlehrer bzw. seine künftige Fahrlehrerin wird, die ihn dann auch zur Prüfung begleiten wird.

In dieser Frage kommt ihm Schorsch zuvor.

Es sei Sepp. Der habe sich in solchen Situationen schon des Öfteren als der richtige Mann erwiesen. Er werde ihn morgen zur selben Zeit dort abholen, wo ihn Nadine auch abholen würde. Es falle also nichts aus. Tägliches Fahren sei ja vor der Prüfung durch nichts zu ersetzen.

Er bedankt sich für diese schnelle Lösung, bedankt sich allgemein, wünscht Nadine gute Genesung und legt auf.

Und ist stinksauer.

Da hat er sich nun also sechzig Fahrstunden lang bemüht, besser zu fahren, zügiger zu fahren, vorausschauender zu fahren, fehlerfreier zu fahren...er kann die Komparative, denen er die ganze Zeit nicht entsprochen hat, gar nicht alle aufzählen.

Fest steht: Es komme nun Sepp.

Als er abends im Bett liegt, nimmt er sich vor, dem morgigen Tag, insbesondere Sepp, ohne jegliche Vorteile entgegenzutreten...aber wenn dieser Sepp dann doch ein primitives Abbild Schorschens sein sollte, der sich über seinen Fahrstil mokieren würde?

Nein! Schluss jetzt!, ermahnt er sich und überlegt, ob ihm nun das Schäfchenzählen oder die Milch mit Honig am ehesten beim Einschlafen helfen würde. Über dieser bedeutungsschwangeren Frage schläft er ein.

Und der nächste Morgen kommt dann auch.

Dass sich seine Angst bemerkbar machen würde, daran hat er nicht gezweifelt, aber *wie* sie es dann schließlich tut, das ist doch überraschend für ihn.

Ab 5 Uhr in der früh ist es ihm nicht mehr möglich, zu schlafen. Es ist allerdings nicht nur dieser Zustand des Nichtschlafenkönnens, sondern auch der Kampf, den er verlieren würde, wenn er sich jetzt der Angst hingebe und aufstehen würde, die ihn innerlich zerreibt.

Also versucht er, zu schlafen.

Aber er kann nicht mehr schlafen.

Wenn er sich wieder hinlegt, hat er das Gefühl, sein Herzschlag würde über die Speiseröhre etwas hinausbefördern wollen.

Also wieder aufstehen.

Eine Runde durch den Flur gehen. Die Haustüre aufmachen. Luft. Luft einatmen. Tief einatmen.

Nein, bloß nicht tief einatmen. Denn das ist ja dasselbe wie das Schlafenwollen. Sich durch eine andere, ganz bewusst durchgeführte Handlung von der Angst ablenken. Dadurch wurde ja die Angst nur noch schlimmer. Wenn man gegen sie vorgeht, hat man schon verloren.

Also Angst vergessen.

Er bemüht sich demnach, einige Übersprungshandlungen zu tätigen. Er stellte schmutziges Geschirr in die Spülmaschine. Er gießt Pflanzen, die längst genug Wasser haben. Er schaltet den Fernseher an, um zu sehen, was das Frühstücksfernsehen biete. Aber nicht mal das hat seine Aktivitäten schon begonnen.

Er legt sich wieder hin.

Um noch einmal kurz aufzustehen.

Diese Handlung, dieses Jetzwiedereinschlafenwollen, soll noch keine endgültigen Züge annehmen, noch nicht.

Er legt sich schon einmal die Sachen heraus, die er nachher – Sepp würde ihn um 9 abholen – anziehen würde.

Ob Sepp wohl auf Äußerlichkeiten schaute?

Er kann es sich eher nicht vorstellen. Und beschließt, dass eine Jeans und ein einfarbiges T-Shirt genügen würden.

Ob ihn Sepp dann wohl gleich in die Kategorie derer stecken würde, die nicht allzu sehr auf ihr Äußeres bedacht sind, ergo es ihnen auch egal wäre, wie (schlecht?) sie der Fahrlehrer behandeln würde?

Er konnte es sich eher nicht vorstellen. Und beschließt, dass eine Jeans und ein einfarbiges T-Shirt genügen würden. Wobei, ein Gürtel vielleicht noch. Ein Gürtel lässt einen immer stattlich wirken, so als habe man schon etwas erreicht im Leben. Er kennt die verschiedenen Funktionen des Gürtels, die Leute, die Gürtelträger, einige Jahre studiert habend. Man trägt einen Gürtel entweder, um ihn zu zeigen oder um zu zeigen, dass man ihn nicht braucht, die Hose bis in die Kniekehlen hängend haben. Die zweite Type der Gürtelträger ist ihm weitaus sympathischer. Es ist schon lange kein Protest mehr, die Hose weiter unten zu tragen – war das überhaupt jemals Protest; hat er was verpasst? - und trotzdem sind ihm diese Leute lieber. Sie haben etwas, das sie nicht brauchen, das sie aber doch brauchen, weil sie sonst nicht zeigen könnten, dass es völlig überflüssig ist, was sie haben und doch nicht brauchen.

Die anderen Gürtelträger sind ja viel simpler gestrickt. Sie brauchen ihren Gürtel, um ihn zu zeigen. Punkt. Mehr nicht. Sie kämen nicht aus ohne ihn; sie hätten sonst nur einen Hosenknopf vorzuzeigen unter dem die Muskeln betonenden Shirts. Das wäre ja wirklich nicht gut.

Er denkt daran, dass es auch Menschen gibt, die keine Gürtel tragen. Er würde sich so gern noch mit dieser Kategorie Menschen auseinandersetzen. Mag er sie oder mag er sie nicht? Jetzt tragen ja Frauen auch schon seit längerem Gürtel…muss man so eine Frage dann Geschlechter übergreifend behandeln? …

Und er schläft einfach wieder ein, ohne es zu merken.

Einfach wieder eingeschlafen.

Er sah einen Jugendlichen mit weit unten getragenen
Hosen – bloß kein wagemutiges Urteil eines 38-jährigen, ob
das nun ein Hopper, ein Skater, Rapper oder wie sie doch
alle hießen, sei – und lächelte ihn freundlich an.
Der Jugendliche lächelte nicht zurück.
Er bereute es sofort, gelächelt zu haben.
Heute, dachte er, war nicht einmal mehr daran zu denken,
ob das nun eine Protestaktion sei, die Hosen so zu tragen.
Es war inzwischen eher die Frage, ob es noch „normale
Gürtelträger" gab.
Irgendwo war da ein Haken in seiner Gürteltheorie; seine
Kategorisierung von einst stimmte nun nicht mehr mit der
Wirklichkeit überein. Er würde sein Weltbild bezüglich des
Gürtels bald einmal von Grund auf völlig neu überdenken
müssen.

Er nimmt seine Brille vom Küchentisch, natürlich, bis auf
eine Viertel Tasse Tee, nichts im Magen habend, und
verlässt das Haus.
Er spürt jetzt den Adrenalinstoß, der die immer wieder
aufkommende Übelkeit unterdrückt; er darf jetzt nur nicht
zu lange ins Grübeln geraten, keine Pausen mehr machen,
jetzt sein Ding durchziehen; er geht im Stechschritt zur
Kreuzung, wo man ihn abholen würde.
Das Auto ist noch nicht da. Genau dieses Momentum hat er
gefürchtet; jetzt würde er doch wieder ins Nachdenken

kommen; kann er in dieses Auto einsteigen, ohne dass er dem Wahnsinn anheim fällt?

Ob er schon einmal ein traumatisches Erlebnis mit einem Auto gehabt habe, schon einmal auf der Motorhaube gelegen sei, weil er stets hintenrum ins Auto einsteige (Schorsch hätte die Gelegenheit nicht ausgelassen und diese Gegebenheit für einen Witz mit sexueller Anspielung ausgeschlachtet) und „überhaupt"(also, warum er so beschissen fahre) . Das hat Nadine vor gar nicht allzu langer Zeit gefragt.

NEIN, ICH KANN EINFACH NICHT RICHTIG AUTOFAHREN, UND ES MACHT MIR NOCH NICHT MAL WAS AUS!

Das hätte er gern geschrien.

Und laut: Muss wohl so eine Gewohnheit sein.

Jedenfalls kommt das Auto jetzt nicht. Er würde also jetzt dann in das Auto einsteigen und sich ganz einfach aufs Fahren konzentrieren. Dann würde ganz bestimmt nichts passieren.

Hat er seine Tüte eingepackt, falls die Übelkeit nun wirklich Überhand nehmen sollte?

Ja das hat er; und als er in dem Anlass angemessener Euphorie dasteht und seine Lebensversicherung für die nächsten eineinhalb Stunden lächelnd erfühlt, kommt Sepp. Aber nicht allein; am Steuer und hinten links sitzen zwei Personen, eine Frau am Steuer und ein Mann hinten links. Ein junger Mann und eine junge Frau. Man lacht. Es kommt ihm vor wie eine ausgelassene Geburtstagsparty, die gerade in diesem Auto stattfindet. Und ihm hat man natürlich wieder mal die Rolle desjenigen übertragen, der als eher ungewünschter Gast in diese Geburtstagsgesellschaft hineinplatzt und schließlich die ganze schöne Stimmung zunichte macht.

Das sind wahrlich keine guten Vorrausetzungen, um die nächste Zeit gut zu überstehen.

Die Fahrertür geht auf.

Die Frau hinter auf den rechten Sitz.

Die Beifahrertür geht auf.

Er grüße ihn, er sei Sepp, und er sei wohl …

… ja, ja, das sei er.

Sepp trägt Cargohose zu sportlichem Oberteil. Er hat keine Markenschuhe an.

Und, wie es ihm gehe.

Ja, danke der Nachfrage, es gehe im gut.

Jetzt überlegt er, ob er selber auch nach Sepps' Befinden fragen soll; nur was soll er sagen?

Selber?...Nein, das wäre zu kumpelhaft. Sagt man so etwas nicht nur zu Personen, mit denen man gut befreundet ist. Man sagt sowas ja nicht mal zu Verwandten. Wohlmöglich wäre Sepp sein Kumpelhaftseinwollen viel zu aufdringlich und er würde ihn schon vom ersten Moment an hassen. Und selber?...Schon besser, aber auch hier würde eine gewisse Vertrautheit mitschwingen. Und so könnte man das Verhältnis zwischen den beiden nun wahrhaftig nicht bezeichnen. Er kennt diesen Mann ja noch nicht mal eine ganze Minute.

Und dir so?...Ja, das hätte er nun beinahe gesagt, aber da

schwingt ihm zu viel Diffusität mit. Das *so* stört ihn.
Entweder man will wissen, wie es jemandem geht, oder
nicht. Aber man will ja nicht wissen, wie es einem *so* geht.
Das wäre nichts Halbes und nichts Ganzes. Nicht Fisch,
nicht Fleisch.

Er beschließt also nun schweren Herzens, Sepp nicht zu
fragen, wie es ihm gehe.

Und, ob er nicht wissen wolle, wie es Sepp gehe. Scheiße
gehe es ihm nämlich.

Diese Situation überfordert ihn nun vollends.

Deswegen benutzt er dieselben Worte wie am
vorhergehenden Tag im Gespräch mit Schorsch.

Was denn genau los sei.

Das *genau* kommt ihm im Nachhinein überflüssig vor, aber
Sepp scheint es trotzdem nicht zu irritieren.

Gestern habe doch Bayern gespielt. Gegen Dortmund. Dies
sei ein wichtiges Spiel gewesen. Extra sei er also
runtergefahren nach München, um es sich anzusehen. Und
jetzt hatten die verloren. Obwohl er ja da gewesen sei.

Das täte ihm aber leid für Schorsch. Er spricht die
Bedauerung so aus, dass man die Ironie, die sehr wohl
hinter seinen Worten steckt, auch deutlich hören kann.

Er sei ihm ja so einer. Er halte wohl nicht zu Bayern. Wohl
zu Achtzehnsechzig?

Nein, ihn interessiere Fußball nicht allzu sehr.

Jetzt folgt einer dieser Momente, in denen man genau weiß
als Fahrschüler: Jetzt kann es losgehen. Innenspiegel
eingestellt. Außenspiegel eingestellt. Sitz eingestellt. Auch

der Fahrlehrer ist wohl schon darauf gefasst, dass sein Schüler nun endlich losfährt.

Er aber sucht ein Zeichen bei Sepp, ein die ultimative Erlaubnis zum Losfahren erteilendes Zeichen. Aber er findet keines.

Er sieht Sepp von der Seite an.

Also dann, ähh?!

Ja, wenn er alles eingestellt habe, könne es ja losgehen.

Das ist also nun das erhoffte Zeichen.

Bevor er den Schlüssel umdreht, besieht er sich noch einmal das Paar – ja! Jetzt sehen die beiden wirklich aus wie ein Paar, ein Liebespaar – auf dem Rücksitz.

Sie reden miteinander in einer ihm unbekannten Sprache; er meint, es könnte serbisch oder kroatisch sein.

Er hat vergessen, sie zu begrüßen; jetzt ist es zu spät.

Er fährt also los.

Die nächste dann rechts.

Innenspiegel. Außenspiegel. Blinken. Abbiegen.

Runder solle er abbiegen, viel runder, er biege im 90 Grad-Winkel ab; das sei falsch, Radius! (diesem Wort ist Sepp' Meinung nach wohl nichts mehr hinzufügen; Radius ist also scheinbar der kategorische Imperativ des Abbiegens, das Absolute, das absolut richtige; bloß nicht anecken mit 90 Grad, lieber rund und unauffällig bleiben, Radius!)

Das Paar auf dem Rücksitz vereinigt sich. Stimmlich. Sind sie zuvor zwei eigenständige Personen gewesen, so vereinigen sie sich nun, indem der männliche Teil das Wort ergreift und für sich und seine Freundin (?) spricht.

Die wievielte Fahrstunde es denn schon sei für ihn.

Er habe irgendwann das Zählen aufgehört.

Er bedient sich nun seines Repertoires „Small-Talk mit anderen Fahrschülern".

Es habe anfangs nicht so ganz hingehauen bei ihm. Er habe lange gebraucht, bis er endlich bereit gewesen sei, mit den Sonderfahrten zu beginnen. Dann sei ihm auch die Autobahn recht schwer gefallen. Aber jetzt sei es bei ihm dann in drei Tagen auch soweit mit der Prüfung.

Diese Sätze hat er jedem anderen Fahrschüler auch, wenngleich in etwas abgeänderter Form, präsentiert, wenn der ihn etwas gefragt hat. Er hat seinen Worten dann immer eine Prise offenbarender Selbstironie verpasst. Er hat gewollt, dass die anderen mit ihm lachen.

Es hat keiner je gelacht. Nie einer.

Man hat immer ein betroffenes Gesicht aufgesetzt; ihn vereinzelt auch mit einem obligatorischen *das werde schon noch* aufheitern wollen.

VERDAMMT NOCH MAL, VÖLLIG EGAL, WANN ICH DEN FÜHRERSCHEIN BEKOMMEN WERDE, WIE VIEL FAHRSTUNDEN ICH BRAUCHEN WERDE! WENN STÖRTS! ES GIBT WICHTIGERES! MAN MUSS DOCH MAL PRIORITÄTEN SETZEN!

Und laut hat er entgegnet: Ja, das wir schon noch.

Wenn er wegen eines *Vorfahrt Gewähren* Schildes angehalten hat, das für die andere Straßenseite bestimmt gewesen ist; wenn er sämtlichen anderen Verkehrsteilnehmern Vorfahrt gegeben hat; wenn er in den

50er Zonen 30 fährt, 50 auf der Landstraße und 80 auf der Autobahn;...; dann hat ihn Nadine stets mit einem besorgten Blick angeschaut, besorgt um den Prüfungstermin, der dann immer bei solchen Ereignissen in noch weitere Ferne gerückt ist.

Er hätte dann immer gerne gelacht über seine Fehler gelacht. Innerlich. Äußerlich gab er sich auch besorgt. Sie hat wohl gedacht, er wolle sie verarschen, stets wartend auf die *Versteckte Kamera*, die doch nun endlich von irgendwoher aus dem Buschwerk brechen müsse. Sie hat sich nicht gezeigt. Diese tragische Komödie hat unter Ausschluss der Öffentlichkeit stattgefunden. Die Premiere ist schon ein voller Erfolg gewesen! Nun hat die Fahrschule bestimmt schon über 2000 € Gage eingespielt.

Und das Beste ist: die Vorstellungen gehen immer noch weiter. Es ist schon längst kein Gastspiel auf Zeit mehr. Er gehört inzwischen zur festen Besetzung des Ensembles. Wenn er nun besser fahren würde, dann wäre das alles vorbei. Dann müsste er die Hoffnung auf eine lebenslange Anstellung an diesem Theater ja für immer aufgeben. Also warum auch noch versuchen, besser zu fahren?

Diese Theorie hinkte, genauso wie die Gürteltheorie, das wusste er nun auch, als der Zug das letzte Mal die Türen schloss, bevor er ihn bald an seinem gewünschten Zielort ausspucken würde.

Der Türke war nun ausgestiegen; da er ja außen gesessen war, hatte er sich gar nicht von ihm verabschiedet, nicht einmal hingenickt. Er war natürlich froh, dass der Türke ihn samt seiner Sporttaschenblamage schon vergessen hatte. Aber er war auch enttäuscht, dass er einfach so gegangen war, ihn *im Aufstehen schon* vergessen hatte. Natürlich sollte der Türke ihn vergessen; nichts anderes war seine Intention. Aber hatte er das *beim Aufstehen schon* so deutlich zeigen müssen?

Nein, das wäre nicht nötig gewesen, dachte er.

Ob er Cola, Limo oder Kaffee wolle, fragte ihn eine Frau mit einem Speisewagen – konnte man solche Frauen als Zug – Stewardessen bezeichnen? – und er verneinte höflich.

Und dachte: Soll sie ihr pappiges Zeug selbst saufen. Das hatte ihm gerade noch gefehlt. Sich in diesem Zug im letzten Moment vor dem Turnier noch schnell einen Virus einfangen durch irgendwelche obskuren Getränke. Nein, danke!

Er genoss es, so arrogant zu denken. Wenn er sich schon laut nichts gegen ihr Werben um seinen Durst sagen traute, dann hatte er ja wenigstens noch das Recht, zu denken! Jawohl!

Nachdenken, doch einfach bloß mal nachdenken solle er. Vorausschauend fahren! (Auch das ist wieder so eine abstrakte Floskel, unter der er sich nichts vorstellen kann; unter der sich wahrscheinlich niemand etwas vorstellen kann, der nicht von Geburt an *vorausschauend fährt.*)

Nun soll es durch eine bergab gerichtete Engstelle gehen. Er kennt diese Stelle gut, ist aber noch nie selbst durchgefahren. Früher ist er oft hier oben gewesen, in dieser Gegend, zum Schlittenfahren. Damals hat der Zauber dieses Ortes darin bestanden, das er ihn allein nicht erreicht hätte. Seinen Vater oder seine Mutter hat er anbetteln müssen, dass man dort hinfahre zum Schlittenfahren. Seine Eltern haben immer nachgegeben. Meist sind dann noch Freunde aufgelesen worden, die auch noch mitgekommen sind und man hat dort nicht enden wollende Nachmittage im Schnee verbracht. Das sind ja paradiesische Zustände gewesen, denkt er. Die verbotene Frucht hat er gegessen, als er in dieses Auto eingestiegen ist. Jetzt ist er vertrieben worden aus dem Paradies; jetzt fährt er für 30€ in der Stunde an diesem Ort vorbei, als wäre es ein Ort, wie jeder andere auch. Dieser Schlittenberg ist nun entzaubert.

Vorsicht sei also nun geboten, mahnt Sepp, man fahre nun durch eine Engstelle, die zugleich auch von Autos Fußgängern und Radfahrern zu beiden Seiten befahren bzw. begangen werde.

Er sieht das rot eingekreiste 20-Schild. Runterbremsen muss er nicht mehr. Durch die 50er Zone ist er sowieso mit 22 km/h gefahren. Aber vielleicht sollte man runter schalten. Er tritt die Kupplung durch und will in den ersten Gang schalten. In der Tat aber ist es der dritte. Er hält die Kupplung durchgetreten und fährt mit 35 durch die Engstelle.

Die Kupplung, mein Gott, die Kupplung solle er loslassen, aber schnell!

Er kann nicht, er kann sie nicht loslassen; er passiert einen Radfahrer rechter Hand mit weniger als einem halben Meter Abstand. Jetzt kann er nicht mehr bremsen. Er will neun sein und zum Berg Schlittenfahren – es ist jetzt aber Sommer, egal, dann eben beschneien lassen! – aber er kann da nicht hin. Also möglichst schnell alles hinter sich lassen. Es kann in dieser Engstelle kein retardierendes Moment mehr geben! Weg von hier! Weg!!!

Jetzt schlage es aber dreizehn. Was ihn denn jetzt da geritten habe?

Ich habe meine Kindheit verteidigen müssen, ein Manifest hinter dicken Mauern und du wolltest es einreißen. Das ist dir aber nur bedingt gelungen. Die Mauer bröckelt, aber sie steht noch. Waffenstillstand, einverstanden? Nein, wieso Waffenstillstand? Er hat Sepps' Kindheit ja nicht angegriffen, er hat ja *ihn* angegriffen. Er würde den Kampf wohl weiterführen müssen. Auf Gedeih und Verderb! Möge der Stärkere gewinnen!

Und sagt: Weiß auch nicht.

Es sei heute wohl nicht sein Tag, oder? Sowas könne er aber bei der unmittelbar bevorstehenden Prüfung nicht bringen.

Er weiß bereits jetzt, dass er diese Prüfung nicht bestehen würde und freut sich insgeheim auf die Gesichter der Beteiligten. Vor allem auf einen neuen Gast zu seiner Vorstellung – den Prüfer - der die Ehre haben würde, ihr beizuwohnen.

Er ist schon gespannt auf die Rezension dieses

Theaterkritikers...

Nächster Halt W., bitte in Fahrtrichtung rechts aussteigen!
Jetzt war er da!

4

So richtig *da* war er doch noch nicht. Eine Sache bereitet
ihm große Probleme. Es war das Nichtgelingen der
Gratwanderung zwischen
IchwilldieLeutenichtmeinergroßenSporttasche behindern
und
IchwillabertrotzdemnochrechtzeitigausdemZugkommen.
Er stand also unbeweglich mit seiner Sporttasche in seiner
Sitzreihe und resignierte. Aber, wenn, dachte er, wenn man
schon resignieren musste, dann war das doch wohl die
denkbar schönste Art, zu resignieren. Mit einer Sporttasche
in einem Zug.
Nachdem sich die Masse weiter und weiter nach vorn zu
den Türen hin gequetscht hatte, wagte er einen
vorsichtigen Vorstoß. Er verließ die Sitzreihe und ging in
Richtung der Türen.
Er hatte jetzt freie Fahrt. Zwischen seiner momentanen
Position – neben den Toiletten – und der Tür war kein
Mensch zu sehen. Er ergriff diese Gelegenheit und hechtete
zur Tür. Mit einem Satz war er vom Zuglinoleum auf dem
Bahnhofsasphalt gelandet. Erst jetzt begannen einige Leute
langsam, den Zug zu besteigen. Er versteckte sich indes

hinter einer Litfaßsäule und beobachtete die Zugtür. Er schaute gleichzeitig auf seine Uhr. Genau nach einer Minute und achtundzwanzig Sekunden schloss sich die Tür wieder und der Zug fuhr weiter. Er ärgerte sich wieder mal über sich selbst. Er hätte ganz unabhängig von der drängenden Masse – ganz individuell – seinen Weg nach draußen finden können. Aber er hatte sich beeindrucken lassen vom Strom der Menschen. Jeder hatte gewusst, wo sein Platz gewesen war während dieses Exodus aus dem Zug. Nur er nicht.

Jetzt hatte er noch über zwei Stunden Zeit, bis sein Spiel beginnen würde. Er war jetzt im Begriff, sich eine Breze zu kaufen, da kreuzte ein dicker Mann – er war wirklich überaus dick, dachte er – seinen Weg bei der Bahnhofsbäckerei, die nicht ausschließlich Gebäck, sondern noch allerhand andere Dinge verkaufte.

Der wird mindestens drei Gebäckstücke ordern. Mindestens. Und dann noch eine Cola. Aber keine Cola Light. Dann wird er die Sachen verspeisen – ha! *verspeisen* wäre gar kein Ausdruck, er würde die Sachen verschlingen und sein ganzer Mund wäre fettig – und anschließend wird er sich bei der *Mc Donald's* Filiale noch Nachschub besorgen.

Er verstand jetzt, wie Vorurteile entstanden. Das hieß also im Umkehrschluss: er hatte seit 38 Jahren nicht gewusst, was Vorurteile gewesen waren. Gottseidank hatte er diesen Mann getroffen. Der würde ihm jetzt die Augen öffnen, dieser Mann, den er übereilt mit Klischees behaftet hatte.

Eine Flasche Wasser ohne Kohlensäure, bitte! , sagte der Mann.

Nun war ihm der Appetit auf seine Breze vergangen. Er beobachtete nun den dicken Mann, der am Bahnsteig seine Flasche öffnete und trank. Irgendetwas vor seinen Füßen schien ihn zu stören, denn man konnte sehen, dass er was auf die Schienen kicken wollte.

Er konnte sein Gleichgewicht nur schlecht halten und kippte bei jedem Kick leicht vornüber.

Er wird doch jetzt nicht…,dachte er, doch nicht jetzt, nachdem ihm dieser Mann Erleuchtung beschert hatte, was Vorurteile anging.

Doch der Mann wurde des Kickens nicht müde und mit jedem Mal mehr, dass er nach dem imaginären Ding trat, kippte er weiter vornüber und drohte, auf die Gleise zu fallen.

Diesen Psychoterror musste er jetzt aushalten. Er war jetzt für den Mann verantwortlich. Dieser Verantwortung durfte er sich jetzt nicht entziehen.

Nach zehn Minuten stieg der Mann dann schließlich unversehrt in einen Zug.

Jetzt hatte er wieder Appetit auf eine Breze. Jetzt hatte er seine Mission erfüllt.

Er hätte gerne zu der Verkäuferin gesagt: Eine Brezl, bitte! Ja, er hätte nur zu gerne Brezl gesagt, nur um ihre Reaktion zu sehen: A Brezl wolln sie?! Also mir ham Breznstangal oder Brezn…

Nein, ich hätte gern eine Brezl!

Das hätte Verwirrung gestiftet in einer Welt, in der man sagte, was man wollte und das dann auch bekam oder auch eben ganz häufig nicht bekam.

Aber er sagte etwas, was niemand wollte: eine Brezl!

Er sagte: Eine Breze, bitte!; bezahlte und ging.

Was er sich selbst immer für eine Scheiße einredete! Was hatte er eigentlich damit erreichen wollen, wenn er Brezl gesagt hätte? Und wer sagte überhaupt, niemand wolle Brezln? Natürlich wollte jeder Brezln! Im Prinzip. Es sagte nur eben jeder Breze. Er hatte sich wohl wieder abheben wollen von der Masse. Und es zum Schluss ja doch wieder nicht geschafft. Sein Komplex aus dem Zug hatte kompensiert werden müssen. Als er sich der Masse untergeordnet hatte. Brav gewartet hatte, bis alle draußen gewesen waren aus dem Zug und dann, ja dann hatte der gnadenlose Brezl-Revolutionär sich endlich getraut, auch aus dem Zug auszusteigen. Er war doch krank!

Ob er nun krank war oder nicht, es half ja alles nichts: er musste noch 2,8 km zurücklegen, bis er bei den Tennisplätzen angekommen wäre. *Im Sommer war er 38 Jahre alt geworden und er wusste, dass es höchste Zeit war, aufzustehen.*

Dieser Gedanke, den er morgens im Bett gehabt hatte, bemächtigte sich nun wieder seines Körpers und ließ ihn das Bahnhofsgelände verlassen. Die Brezl-Theorie zur Gürtel- und zur Theatertheorie ad acta legen und nicht mehr drüber nachdenken.

Er kennt die Ampeln, die vom Bahnhof auf die andere

Straßenseite führen. Er musste zunächst an einer Bushaltestelle aus Holz – so was gab es da, wo er wohnte, gar nicht mehr – vorbei. Dort unterhielten sich einige Penner. Er nannte diese Leute bewusst *Penner.*

Er teilte nämlich die Leute, die auf der Straße lebten, in drei unterschiedliche Kategorien ein: Da gab es den *Bettler*. Das war in seinen Augen die Reinkarnation des biblischen Lazarus. Die waren um alles froh. Das waren dankbare Leute; er mochte sie. Natürlich traute er ihnen nicht recht über den Weg. Er hatte prinzipiell Angst vor *anderen* Menschen.

Bettler hatten meist körperliche Leiden. Deswegen waren sie für ihn bemitleidenswert. Ihnen misstraute er zwar, aber er nahm ihnen zumindest ihr *Bettlersein* ab.

Dann waren da die *Obdachlosen*. Hier dachte er vor allem an jüngere Leute. Kinder und Jugendliche, die von zu Hause ausgerissen waren. Oder junge Männer, die alles auf eine Karte gesetzt hatten, gescheitert waren, alles verloren hatten und nun auf der Straße lebten.

Einmal hatte er einer Gruppe Punks – diese Jugendbewegung hatte sich damals noch nicht etabliert gehabt – die auf dem Trottoir gesessen hatte und Musik hörte, zwei Mark gegeben, weil er sie für *Obdachlose* gehalten hatte. Er war so froh gewesen, dass er sich im freien befunden hatte und schnell abhauen konnte. Diese Angelegenheit war im äußerst peinlich gewesen. Er hatte auch einen roten Kopf bekommen. Nicht aus Scham. Sondern aus Wut auf sich selbst.

Und hier saßen jetzt also die *Penner*. Für ihn waren Penner alle jenseits der 50. Sie hatten graue Stoppeln im Gesicht. Sie tranken. Und pöbelten. Sicherlich kannte er das Schicksal dieser Leute nicht. Vielleicht musste man verstehen, dass sie tranken und pöbelten, so wie er über Brezln nachdachte? Aber es gab doch dieses Wort *Penner*. Es existierte ja. Und wer sollten denn dann die Penner sein, wenn nicht diese Leute. Irgendwer musste doch die Rolle des Penners übernehmen, oder? Es war natürlich auch ein Schimpfwort . Aber der Hurensohn, das Arschloch, der Motherfucka und der Wixer hatten doch den Penner in dieser Liste längst den ersten Rang abgetrotzt.

Le mot est mort, vive le mot! Wenn es ein schlimmeres, ein noch obszöneres Wort gab, war das alte doch längst nicht mehr interessant, war es *tot*. Folglich musste man den *Penner* woanders suchen. Auf der Straße also? Er fand keine befriedigende Antwort auf diese Frage. Aber konnte es in diesem Augenblick auch nicht ertragen, nicht Recht zu haben. Lieber eine falsche Kategorisierung als Selbstzweifel vor den bevorstehenden Matches!

Di kenn i doch a irgnwo her!, sprach ihn einer der *Penner* an.

Jetzt kamen die Selbstzweifel ganz von selbst. Er ging natürlich weiter und ließ sich nichts anmerken. Aber dachte: Sie haben meine Gedanken gelesen! Sie hatten in seinen Augen, die sein Schubladendenken schlecht kaschierten, wohl irgendein Blitzen festgestellt, das den *Pennern* Zeichen genug gewesen war, um ihn durchschauen zu können. Was sollte es auch! Das war seine gerechte Strafe. Er war nun Quitt mit den *Pennern.*

Er hatte nun die andere Straßenseite erreicht, die er nun die nächsten 2,8 Kilometer beibehalten musste. Rechts von ihm sah er das Kasino. Solange er an diesem Turnier teilgenommen hatte (immerhin schon gute zwei Jahrzehnte!) war immer ein eingetrockneter Fleck Erbrochenes vor dem Kasino gewesen, den man – es war ja immer erst halb acht, als er in W. ankam – offensichtlich noch nicht beseitigt hatte. Wie konnte man sich nach dem Besuch eines Kasinos nur übergeben? Wurde da drinnen überhaupt Alkohol ausgeschenkt? Natürlich, was für eine Frage! Wo wurde nicht Alkohol ausgeschenkt. Aber war man nicht viel zu sehr mit Setzen und Bieten beschäftigt, als dass man sich aufs Trinken hätte konzentrieren können? Er konnte sich die das Casino frequentierenden Leute bildlich vorstellen. Die gerade 18 Jahre alt gewordenen Jugendlichen, die die unerträgliche Leichtigkeit des Allesverspielthabens ausprobieren wollten und dann die bald *40* werdenden Familienväter, die mit den *Kumpels* noch mal *einen draufmachen* wollten, bevor man dann in der Zeitung zu lesen bekam, das –ach du Schreck! – die drei nun weg sei. Die konnte er sich vorstellen, wie sie, zerrissen von zwei Suchten, -schwitzend – zwischen Spieltisch und Bar hin- und herrotierten. Aber normalerweise war *Mann* doch daran gewöhnt, den ganzen Abend lang zu trinken. Und nun halbierte sich diese Zeit des Trinkens ja auch noch, dergestalt, dass man die andere Hälfte des Abends am

Spieltisch zubrachte. Vielleicht spie *mann* ja auch aus Ärger über das Verlorene? Wie würde *mann frau* bzw. *eltern* nur erklären, dass und was man hier verspielt hatte. Das konnte einen schon mitnehmen. Vielleicht kotzte man – das war ja nicht auszuschließen – auch vor lauter Glück über einen Gewinn. Aber für ihn hatte ein Kasino ein ausschließlich verlierendes Image. Er bevorzugte seine erste Erklärung.

Die vier mal fünf Meter große Werbung für eine Zigarettenmarke konnte man beim besten Willen nicht übersehen. Sie zeigte eine überdimensionale Zigarettenschachtel, deren *Rauchen kann tödlich sein* Plakette von Minzzweigen verdeckt wurde. Jetzt hatten also auch die Zigaretten jegliche Konsequenz verloren. Was war doch Rauchen früher toll gewesen. Ein Cowboy musste mindestens drauf sein. Wildlederstiefel sah man neben der Schachtel und im Hintergrund spritzte das Wasser, von wilden Pferden bewegt. Der Cowboy hatte keinerlei Mühe, sie einzufangen. Die Bohnen mit Tomatensoße am Lagerfeuer konnte man förmlich schon riechen.

Und was war jetzt aus den Zigaretten geworden? Sie versteckten sich hinter Minzzweigen!

Wenn er sich in Zukunft jemals wieder inkonsequentes Verhalten würde vorwerfen müssen, dann würde er an Zigaretten denken und wäre auf einen Schlag wieder beruhigt.

Jetzt passierte er die Stelle, an der er sich, als er zum ersten Mal hier gewesen war, verlaufen hatte. Er war weiland in die recht belebte Fußgängerzone von W. eingebogen. Das hatte ja der richtige Weg sein müssen! Von wegen! Er hatte sich von dem begrünten, belebten, der – seiner Meinung nach nicht besonders attraktiven – Stadt blenden lassen, anstatt den weg gen Industrieviertel einzuschlagen. Er hatte dann schließlich doch noch auf den rechten Weg zurückgefunden.

Inzwischen kannte er den Weg natürlich auswendig. Er ging an einem riesigen Teppichgeschäft vorbei und sah das Krankenhaus. Er erinnerte sich jetzt: Das Krankenhaus hatte ihn damals abgeschreckt. Wer fürchtete sich denn auch noch vor Industriegebieten? Wenn die Leute heutzutage oft nur wenige Kilometern von Atomkraftwerken wegwohnten, wer hatte dann noch Angst vor Industriegebieten? Niemand. Nein, es war das Krankenhaus gewesen, das ihn abgeschreckt hatte; es hatte Fenster direkt zur Straße hin und im Sekundentakt war eins aufgemacht und dann wieder ein anderes geschlossen worden.

Von außen sah es bedrohlich aus. Immer noch. Uneinladend wäre untertrieben gewesen. Es war seit damals nicht renoviert worden, aber es hatte sowieso eine von solchen Fassaden, die nie schön waren, nie schön sind und auch nie schön werden. Die Aufgabe der Fassade war lediglich, zu sein. Zu halten. Jahrzehntelang. Diese Aufgabe war der Fassade einst übertragen worden. Sie erfüllte sie bis heute äußerst zuverlässig.

Plötzlich dachte er an seine Großmutter. Sie hatte damals nach einem kurzen Aufenthalt bei ihr zuhause wieder ins Krankenhaus zurückkehren sollen. Sein Vater und er hatten sie gefahren. Damit sie ohne Mühe wieder in ihr Krankenzimmer hatte zurückkehren können, war es nötig gewesen, einen Rollstuhl zu organisieren. Diese Aufgabe hatte man ihm übertragen. Er war nicht fähig, einen Rollstuhl aufzutreiben. Was hätte man da sagen müssen? An wen hätte man sich da wenden müssen? Wer war zuständig für Rollstühle? Er hätte seine Großmutter liebend gern in den sechsten Stock des Krankenhauses getragen – allein das wäre an seiner mangelnden Kraft und an ihrer Körperfülle gescheitert – aber er hatte es nicht geschafft, den Rollstuhl aufzutreiben. Sein Vater hatte sich dann schließlich dieser Aufgabe angenommen. Er selbst allerdings hatte dann den Rollstuhl durchs Krankenhaus geschoben. Das hatte ihm große Freude bereitet; seine Freude an dieser Aktivität war lediglich dadurch geschmälert worden, dass er merkte, dass es seiner Großmutter nicht so ganz recht war, dass nun *er* die Verantwortung für *sie* übernommen hatte. Gefreut aber hatte sie sich allemal. Als er damals die Zimmertür hinter sich geschlossen hatte, war es das letzte Mal gewesen, dass er sie lebend gesehen hatte.

Man merkte nun, dass man langsam aus der Stadt hinauskam. Die Häuserdichte nahm ab; es gab nun zunehmend weitläufige Spiel- und Bolzplätze für Kinder. Dann war er da. Als er vor einer Stunde gedacht hatte, er sei *da*, war ihm ein Fehler unterlaufen. Da hatte die Odysee des AusdemZugKommens noch vor ihm gelegen. Nun aber sah er den Sportpark vor sich liegen, von dem er einen Teil noch durchqueren musste, bis er bei den Tennisanlagen war.

Er setzte sich, wie immer, auf eine Holzbank, auf der auch immer Reste des vorigen Abends zu finden waren. Auch in dieser Hinsicht hatte sich einiges geändert in den letzten zwei Jahrzehnten. Waren es früher die Bierflaschen gewesen und die Chipstüten, so befanden sich jetzt Safttüten und Wodkaflaschen – die allerdings im Gegensatz zu den Safttüten *unter* der Bank lagen, als wollte man das NurSaftgetrunkenhaben dadurch unterstreichen, indem man die Schnapsflaschen von diesem Ensemble entfernte – gepaart mit leeren *Mc Donald's* Verpackungen auf der Bank. Früher, dachte er, trank man eben Bier. Man war nicht stolz drauf, schämte sich aber auch nicht dafür. Inzwischen trank man Schnaps aus Safttüten mit Saft. Das verstand er nicht. Man konnte die Schnapsflaschen doch noch sehen. Glasklar. Wie des Wodkas reine Seele. Wenn man kaschieren wollte, wieso war man dann nicht konsequent genug, die Wodkaflaschen zu entfernen? Jetzt kam er ins Überlegen. Vielleicht ließ man die Flaschen auch ganz bewusst liegen, um zu zeigen, dass man kaschieren *kann*, aber es ja gar nicht nötig hatte. Es nicht *muss*. War da nicht mal was Ähnliches mit Gürteln gewesen? Etwas tun, etwas brauchen, etwas haben, nur, um zu zeigen, dass man es nicht braucht. Naja, die Gürteltheorie. Aber nein, er musste noch mal rekapitulieren: Sie *taten* also etwas. Sie *legten* die Flaschen unter die Bank. Um sie zu verstecken. In Anführungszeichen. Sie *versteckten* also. Das war die Tat.

61

Aber sie mussten die Flaschen gar nicht verstecken, man würde sie ja sowieso finden unter der Bank. Sie *brauchten* die Flaschen also nicht zu verstecken, denn man fand sie ja eh. Aber sie versteckten – in Anführungszeichen – die Flaschen, obwohl sie das nicht mussten, denn sie wussten genau, mit dieser provokanten Geste – dem DieFlaschenliegenlassen unter der Bank – konnte man zeigen, dass man diese scheinbar obszöne Tätigkeit – das Trinken – in der Öffentlichkeit ausüben konnte und dass die Gesellschaft wieder mal zu spät kam mit möglichen Interventionen.

Er hatte jetzt weder Lust, das Verhalten der Gesellschaft, noch das Verhalten der Jugend zu analysieren. Was war denn los mit ihm? Die Gegner spielten sich wahrscheinlich schon warm und er saß in Gedanken versunken neben leeren Flaschen wie ein *Penner*! Mein Gott, war denn dieses Wort nicht vermeidbar? Dann saß er eben da wie ein – er war außerordentlich stolz auf sich, als ihm dieses Wort einfiel – *Clochard*. Er kannte die genauere Bedeutung und den Ursprung des Wortes – außer, dass es aus Frankreich kam, natürlich! – nicht und fand es deswegen hervorragend geeignet, um sich selbst zu beschreiben. Wenn man etwas nicht kannte, konnte man auch keine bewussten Tritte ins Fettnäpfchen damit begehen. Jetzt wurde er aber auch schon wieder egoistisch: *er* wollte der *Clochard* sein. Sollten doch die anderen die Penner sein. Er war ja jetzt etwas besseres, ein *Clochard*! Ausnahmsweise störte ihn sein Egoismus in dieser Situation gar nicht. Um 8.36, an einem warmen Sommertag im August 2008, begann er, sich als *Clochard* zu bezeichnen und war endlos glücklich damit. Er legte die Alkohol-Theorie erst mal unter seine Schreibtischunterlage.

Ad acta konnte er sie später immer noch legen.

Wieder hatte er sich geirrt, es war natürlich noch niemand da zum Warmspielen. Nicht mal die Turnierleitung war schon da. Nur zwei Platzwarte, die sich angeregt unterhielten. Nicht über das Warten der Plätze, soweit er verstehen konnte. Er nickte flüchtig hin und begab sich in die Umkleidekabinen, die – Gott sei Dank! – schon geöffnet waren. Hier konnte er sich nun nochmal zurückziehen und sich in Ruhe sammeln. Aber das wollte er in diesem Moment nicht, lieber den Beiden beim Reden zuhören.

Der eine habe gestern den einen Spanier da gesehen, den Nadal, gegen diesen Dingsda habe er gespielt, ach wie der denn nun wieder heiße?

Querrey würde er gern aus der Umkleide rausbrüllen. Sam Querrey wars. Bleibt aber stumm.

Aha, meinte der andere. Er habe ja immer noch die Probleme mit seinem *altn Glump*.

Ach die habe er immer noch, die Probleme mit dem *altn Glump.*

Ja, die habe er immer noch. Jetzt habe man also herausgefunden, dass es am Motor – das *alte Glump* entpuppte sich also schließlich als Auto – liege. Der sei hin. Das sei ja Scheiße.

Ja, das wäre wirklich Scheiße.

63

Beschissen sei das wirklich.

Ja, aber da könne man auch nichts ändern an der ganzen Scheiße.

Sicher, aber beschissen sei es trotzdem.

Das auf jeden Fall...

Er sah auf die Uhr und hoffte, dass die Turnierleitung nun endlich aufkreuzen würde. Rein prophylaktisch tat er so, als würde er in seiner Sporttasche wühlen – natürlich hatte er seine wichtigsten Sachen längst hergerichtet – nur für den Fall, dass plötzlich jemand in die Umkleide hineinkäme. Dann würde es nicht so aussehen, als hätte er nichts zu tun. Völlig unvermittelt kam der Mann in Grün. Gottseidank hatte er gewühlt!

Der Junge im grünen adidas-Trainingsanzug steht einfach vor ihm und fängt an, zu erzählen. Er spiele jetzt dann gleich gegen den an Eins gesetzten. Das könne ja was werden. Ob er seinen Gegner denn auch kenne.

Nein, er kenne ihn nicht. Habe den Namen noch nie gehört.

Ja, er sei ja gespannt, ob er was reißen könne gegen den. Der habe L. gewonnen. Ob er L. kenne?

Nein, habe er noch nichts gehört davon. Aber – und er hofft, durch diese Information glänzen können – der an Eins gesetzte habe ja schon bei diversen internationalen Turnieren mitgespielt.

Ja, ja, das wisse er auch.

Scheinbar beindruckt ihn sein Fachwissen nicht allzu sehr. Der grüne Junge erzählt weiter.

Er habe ja *erst* drei Turniere - mein Gott, das wenn er auch von sich sagen könnte! – gespielt diesen Sommer. Vor einem Jahr habe er sich die Kniescheibe zertrümmert. Die Ursache für dieses Vorkommnis wird nicht genannt. Ja, und seine Bäckerlehre habe er zwar abgeschlossen, sei aber momentan noch auf Arbeitssuche. Und deswegen spiele er halt jetzt Tennis.

Er selbst besucht ein Gymnasium und wenn seine Berufsaussichten vielleicht mal besser wären als die des Lehrlings, muss er sich eingestehen, dass er unendlich neidisch ist.

Sein Neid beschränkt sich nicht nur auf die Arbeitslosigkeit des Jungen. Er ist frei, ledig aller Pflicht. Er kann Tennis spielen, den ganzen Sommer lang. Heute hier, morgen dort. Alle Zeit der Welt.

Nein, neidisch ist er auch auf seine Verletzung. Er ist ein Tennisinvalide. Er hat sicherlich eine große Schlacht geschlagen. Er hat das Recht, verletzt zu sein. Der grüne Junge ist vollkommen im Recht, verletzt zu sein. Er hat gekämpft, hat Krieg geführt, hat sich dem Gegner gestellt und darf nun Invalide sein.

Aber er selbst, er hat sich doch dem ganzen nie richtig gestellt. Hat sich immer im Hintergrund gehalten, um dann bei diesem Turnier an die Front zu stürmen. Ein feiger General, stundenlang *US Open* am Fernsehen anschauend und Spielzüge am Computer *en detail* studierend, der aber dann doch hin und wieder – Journalisten und Fernsehteams, zückt eure Kameras! – zu den Frontsoldaten will – ja, muss! – um festzustellen, ob es da auch richtig bumst und kracht, wie man es von einer gut funktionierenden Front erwartet.

Und ob es bumst und kracht! Schon bei der Beobachtung des Einspielens der gegnerischen Spieler könnte er eigentlich schon die weiße Fahne auspacken – Waffenstillstand! Dann denkt er wieder an die Fernsehteams und Journalisten. Denen muss man doch was bieten. Er sieht weit und breit niemanden, der einem Journalisten oder einem Angehörigen eines Fernsehteams ähnlich sieht. Aber aufgeben? Niemals! Also, zumindest jetzt ist ja noch alles drin…also lautet der endgültige Beschluss: *noch* nicht aufgeben!

Er habe ja ein Freilos, stünde also unmittelbar im Viertelfinale des Turniers. Das heiße ja für ihn, nur noch drei Siege bis zum Turniersieg. Als sie das sagte, musste sie sich auf die Spielpaarungen konzentrieren, denn, das merkte er, die Turnierleiterin, Frau Stadtvogt – eine sympathische, patente Mittdreißigerin – konnte sich ein sarkastisch anmutendes Grinsen bei diesen Worten nicht verkneifen und – das machte sie für ihn sympathisch – brachte es jedoch nicht übers Herz, es ihm zu offenbaren. Er bezahlte artig sein Startgeld (wobei er sich fragte, wann die anderen Spieler das taten; das war wohl die wahre Eleganz des Tennisspielers: Man gibt, ohne dass es jemand merkt! Das waren ja fast biblische Verhältnisse…) und wurde gefragt, ob er eine Quittung brauche.

Nein, nein, um Gottes Willen, er brauche doch keine Quittung. ...wohl wegen der Steuer und des ganzen Geldes, das er hier wieder mitnehmen würde, wie immer, dachte er ironisch – ironisch! wohlgemerkt; in der jetzigen Situation hätte er Zynismus oder Sarkasmus, die, das hatte er in der Schule gelernt, der Ironie in ihrer Effektivität noch höher zu stellen waren, beim besten Willen wahrhaftig nicht mehr ertragen.

Er verschanzte sich hinter dem dicken Stamm der Linde – seine Sporttasche allerdings schaute zu beiden Seiten hinter dem Stamm hervor – und versuchte, die Spieler möglichst unauffällig beim Aufwärmen zu beobachten. War er vorher noch so optimistisch gewesen – wie oft hatte er sich schon auf dem Siegertreppchen den Scheck überreicht bekommend gesehen? – so wusste er jetzt wieder, und er hatte es ja, wenn er ehrlich war, vorher schon gewusst, dass, in genau diesem Moment, die Segel gestrichen werden konnten.

Er wurde, wie er nun hinter seiner Linde stand, richtiggehend demoralisiert. Der Volley! Warum gerade der Volley? Er sah, wie von der Grundlinie zwei Spieler abwechselnd den Ball Richtung Netz schlugen und der am Netz stehende beinahe alle Schläge mit an Perfektion grenzender Sicherheit parierte. Das war *sein* Schlag! Er hatte sich schon vorher festgelegt, nachdem er letztes Jahr völlig konzeptionslos 0-6 0-6 untergegangen war, dass er Serve-and-Volley spielen würde. Diese Taktik hatte er vorher auch im Spiel mit dem Freund getestet. Da war sie

doch aufgegangen! Doch er musste sich eingestehen:
Erstens, hatte der Freund noch weniger Tennisstunden –
nämlich keine – als er gehabt (drei, aber die waren äußerst
effektiv genutzt worden!, meinte er) und zweitens, hatte
der seine vermeintlich harten und platzierten Volleys
immer noch einige Male retournieren können, bis er dann
schließlich mit einem Schmetterball den Ballwechsel hatte
abschließen können.

Er fühlte sich so, als wäre er ein Schriftsteller – als
Novellenschreiber hätte er sich gut gefallen – und
irgendjemand hätte ein Stilmittel, das er, aber nur
ausschließlich er, geprägt hätte, gestohlen, kopiert und
hätte nun großen Erfolg damit. Seine Bücher würde
niemand kaufen. Man fände das Stilmittel zwar ganz
passabel, wenn *er* es benutzen würde, aber der andere
wäre bekannter als er, hätte gute Reputation und noch
bessere Rezeption als er, und überhaupt, seine Bücher
wären einfach den winzigen Tick besser.

Dann ging alles wieder ganz schnell; er – in Gedanken
versunken – wurde von seinem Gegner angesprochen. Der
habe die offiziellen Turnierbälle – an der Zahl drei Stück,
druckverschlossen – schon geholt.

Jetzt mischte er sich ein. Ja, er glaube – er *wusste* es
natürlich; er bediente sich nur wieder mal einer seiner
zahlreichen Floskeln – man müsse auf Platz 4 da hinten.
Ja…

Er ließ den anderen nicht ausreden. *Er* wollte den Takt
vorgeben und ging voraus, betrat die Anlage und legte

professionell seine Tasche – die allerdings als ehemalige Transporttasche für einen Boxsack wohl eher provisorisch als professionell war – auf die Bank und packte seine Sachen aus.

Dann begann das Einspielen. Hiervor hatte er am meisten Angst. Er dachte, sein Gegner könnte meinen, er würde absichtlich so schlecht spielen, um ihn zu verwirren und ihm seinerseits nicht ausreichend Möglichkeit zur Verfügung stellen wollen, damit er selbst nachher im eigentlichen Spiel Vorteile hätte. Aber sein Gegner hielt scheinbar selbst nicht viel vom Aufwärmen und drängte bald, das Spiel zu beginnen. Das war ihm nur allzu recht.

Als es 0-3, 0-40 stand, sah man seinen Ruf ihm förmlich vorauseilen, ja vorausfliegen. Und zwar in Form eines Tennisballs, der, nach einem äußerst unglücklichen Aufschlagreturn, über eine Mauer auf das Gelände der Autowerkstatt, die das Turnier sponserte, flog.

0-4 und sein Ruf befand sich jenseits der Mauer. Aber wie hieß es so schön: Sei der Ruf erst ruiniert, dann lebe es sich ja völlig ungeniert!

Es folgten zwei Doppelfehler seines Gegners. 0-30. Dann ein starker Twist-Aufschlag. Mit Schnitt. Den konnte er dergestalt returnieren, dass er übers Netz flog und auf halber Höhe zwischen Netz und T-Linie liegen blieb. Der Gegner stürmte hin, traf den Ball nicht richtig und schlug ihn ins Netz. 0-40.

Aufschlag. Zu stark. Ass. 15-40.

Nächster Aufschlag. Den konnte er einigermaßen mit der

69

beidhändigen Rückhand – cross – retournieren. Nicht mal schlecht, dachte er auf den zweiten Blick. Aber der Gegner schlug ihn zurück in sein Feld. Er wiederum brachte den Ball mit einem völlig verkorksten Vorhandschlag nahe der Grundlinie der gegnerischen Hälfte. Kein schwerer Schlag für den Gegner. Er setzte zur Vorhand an und die schien, präzise und knapp, übers Netz zu kommen. Tatsächlich aber blieb der Ball an der Netzkante kleben und fiel ins Feld des Gegners. 1-4.

Seitenwechsel. Jetzt war es da, das, wie es die Kommentatoren im Fernsehen immer mystisch heraufbeschworen, *Momentum*. Vielleicht würde der andere jetzt während der nächsten Punkte unaufmerksam werden. Das würde er vielleicht ausnutzen können. Und dann wäre alles möglich...

Um die Geschichte abzukürzen: Er musste den ersten Satz mit 1-6 abgeben.

Im Zweiten wurde es nicht mehr besser. Beim Stand von 0-5, 0-15, flog der Ball erneut über die Mauer. Jetzt hatte er auch noch ein Stückchen Würde verloren. Ein Ball, aber blieb bis zum Schluss im Spiel. Seinen Humor, es war Galgenhumor in seiner Situation, das musste er zugeben, aber wenigstens den hatte er nicht verloren. Der war ihm geblieben.

Dann geht alles automatisch. Shakehands mit dem Gegner. Platz abziehen. Tasche wieder einpacken. Platz verlassen. Wehmütig zurückschauen und denken: Vielleicht beim nächsten Mal! In die Umkleide. Schweiß abwischen.

Deodorant. Das hatte er nicht dabei; er wollte den Geruch des Gescheiterten in die Welt hinaustragen. Naja, vielleicht in die Welt, aber nicht zum Bahnhof in W. . Er fand es doch noch, in dem Fach, in dem man die Dübel zum Fixieren des Boxsackes in der Decke aufbewahren konnte. Also, Besprühen. Umziehen. Tasche nehmen. Zur Turnierleitung. Freundlich verabschieden – was konnten die schon dafür? Was aussuchen. Ein T-Shirt mit dem Logo der Autowerkstatt suchte er sich aus. Wie immer. Das obligatorische, aber vermutlich doch ernst gemeinte Manfreuesichwennerwiederkomme hinnehmen. Die Ironie bei diesen Worten im Raum knistern hören. Nochmal ein Tschüss. Durch den Park. Durch die Stadt. Zum Bahnhof. Nicht mal warten müssen. In den Zug. (Aber erst nachdem alle Leute eingestiegen waren.)
Wieder heim. Seit über 20 Jahren. Immer dasselbe.

5

Nachtfahrt. Genauer: Nachtfahrt mit Sepp.

Dieses Erlebnis soll sich in drei Teile gliedern.

Zunächst fahre man in der Dämmerung durch die Stadt, dann würde man, wenn es fast schon stockdunkel wäre, auf die Landstraße wechseln, bei absoluter Finsterkeit wage man sich dann auch auf die Autobahn.

Drei Mal 45 Minuten also wird er nun mit Sepp an seiner Seite durch die Nacht fahrend verbringen.

Drei Mal 30 € würde der dabei verdienen, also 90€.

Er überlegt, ob diese Bezahlung angemessen wäre. Nein, denkt er, solch ein Erlebnis für einen Fahrlehrer, mit ihm durch die Nacht zu fahren, das ist ja wirklich unbezahlbar! Wer das einmal durchgemacht und überlebt hat, der wird sich in Zukunft vor keinem anderen Fahrschüler mehr fürchten. Als hätte er diese Worte gerade laut gesagt, sieht er Sepp belustigt von der Seite an. Der aber hat etwas anderer fixiert und äußert sich: So ein Mountainbike sei ja schon etwas Schönes.

Ja…

Vor allem wenn eine Frau oben sitze.

Verunsichert sieht er Sepp wieder von der Seite an, diesmal aber hat Sepp ihn fixiert.

Wo er denn schon wieder hinschaue…sagt Sepp und lacht laut auf.

Er beschließt, nicht darauf einzugehen. Stattdessen beschließt er, die Dunkelheit zu seiner Verbündeten zu erklären. Weil jeder die Dunkelheit als Gefahr ansieht; sie kennenzulernen gehört zur guten Ausbildung des Fahrschülers. Man mag die Dunkelheit nicht, sie ist böse, unergründlich und in ihrer Gefährlichkeit auch oft unvorhersehbar. Das sind nur einige Gründe, warum er sie von nun an lieben wird. Er und die Dunkelheit gegen den Rest der Welt.

Ob er denn nicht vielleicht das Licht einschalten wolle?

Da habe er keine Ahnung, meint er ganz locker, ohne ob seines Nichtwissens in eine völlig überflüssige Nervosität auszubrechen.

Er freut sich auf die ungläubige Reaktion Sepps. *Man* weiß doch, wie das Licht angeht. Sowas kann *man* einfach. Und wenn *man* das noch nicht gemacht hat, dann kann *man* das doch durch logisches Denken auch schaffen.

Aber *er* nicht. Und darauf war er stolz. Stolz darauf, der Stromlinienförmigkeit des Lichtanschaltenkönnens nicht zu entsprechen. Darauf kann man doch stolz sein, oder? Er suchte Bestätigung in der Dämmerung. Statt ihrer kommt ihm nun Sepps Schädel ins Blickfeld, der den Lichtschalter reguliert.

Das könne doch nicht sein, dass er nicht wisse, wie das Licht anginge. Er solle jetzt an dem Hebel am Lenkrad ziehen; damit würde er das Licht aktivieren.

Er tut, wie ihm geheißen. Der Scheibenwischer geht an.

Na, also…Sepp, der Fachmann, muss selbst Hand anlegen. Sein Triumph könnte nicht größer sein. Der Einzige, der ein Problem hat in diesem Auto, ist Sepp. *Der* hat ein Problem.

73

Mit ihm. Und das geschieht ihm gerade recht. *Er* hat kein Problem; er ist mit sich und der Nacht im Reinen.

Er wird wieder langsamer. Zu langsam. Von der Geschwindigkeit her.

Jetzt solle er doch mal die Kuh fliegen lassen, wird er ermahnt.

Er gibt sich Mühe, das Gas dem Anlass angemessen durchzutreten und in den Sonnenuntergang zu fahren; die Straße ist fast leer und er darf hier sogar 60 fahren. Und er will diesmal auch. Er schaltet zudem in den vierten Gang und führt das Fahrzeug mit ruhiger Hand.

Im Radio sind die ersten Take des Liedes *West End Girls* der *Pet Shop Boys* zu hören (er weiß, dass das die neue Single der Gruppe ist, hat sie aber noch nie zuvor im Radio spielen gehört) und er durchfährt jetzt auch das Ende der Stadt. Es geht Richtung Landstraße, es läuft jetzt alles wie von selbst. Sogar beim Abbiegen nach rechts schert er nicht mehr nach links aus. Und Sepp findet hierfür sogar lobende Worte: So, genauso, fahre man!

Wie, würde er gerne provokant fragen, wie fährt man?

Er tut es nicht und tut gut daran. Denn als er auf die Landstraße biegen will, stirbt beim Beginn der neuen Nummer eins von *Modern Talking, Atlantis is Calling,* mitten in der Kurve der Motor hat. Das ist freilich nicht das erste Mal, dass ihm das passiert ist, aber die Situation gewinnt dergestalt an Schärfe, dass nur Sepp mit einer schnellen Zündung und schnellem Start verhindern kann, dass der hinter ihnen fahrende graue Mercedes Probleme bekommt.

Ja und sie, sie hätten auch ein Problem, wenn sie den Mercedes dann im Hintern hätten, konstatiert Sepp.

Ja, das sei blöd gewesen von ihm, dass er ausgerechnet in dem Augenblick abgestorben sei.

Ja, das sei es, aber wirklich.

Nach diesem Einbruch braucht er wieder eine ganze Minute, bis er die 80 wieder erreicht, die er, *mindestens,* auf der Landstraße fahren solle.

Dann kommt er von rechts. Der Igel. Igel von rechts. Er kennt das von Katzen. Er weiß nicht, ob es Unglück bringt, wenn sie von rechts oder links kommen. Schwarz müssen sie aber sein. Der Igel ist noch hundert Meter weg. Wäre die Straße kurvig und hätte er seine Brille vergessen, dann hätte er ihn jetzt nicht gesehen. Aber zweimal nein. Die Straße ist gerade und er hat die Brille auf.

Und er bremst. Vollbremsung. Das ist eine Bremsung von 80 auf fast 0. Sie reicht lange nicht aus, um an der Stelle, wo er den Igel gesehen hat, zu stehen. Aber er wird so langsam, dass es der Igel trotzdem rechtzeitig zu der weißen Markierung auf der Mitte der Fahrbahn schafft. Natürlich würgt er ihn ab. Wer denkt bei der Rettung eines Igels schließlich an die Kupplung beim Bremsen.

Es kracht. Jetzt ist die Utopie vom *Mercedes im Hintern* also doch noch wahr geworden.

Verletzt wird niemand. Nicht mal annähernd; der *Hintern* des Fahrschulgolfes ist leicht eingedellt, die Stoßstange des Mercedes ebenfalls.

Für ihn wäre jetzt der Zeitpunkt gekommen, zu lachen. Aus Erleichterung und über eine Geschichte, die nur das Leben im Stande ist zu schreiben. Schallend zu lachen. Igel gerettet. Niemand verletzt.

Also, ährrrrrchhhhh – der Fahrer des Mercedes muss sich zunächst des Schleimes in seinem Hals entledigen, bevor er sein Plädoyer fortsetzen kann – das sei ja, also ährrrchhhhhh, ja, also nein, Unverschämt könne man das nicht mehr nennen, das sei eine Sauerei, sei das. Ob Sepp seinen Führerschein im Lotto gewonnen habe.

Ja, wenn *er* – er zeigt, alle Schuld von sich weisend, auf seinen Fahrschüler – wenn *er* bremse, kleinlautet Sepp.

Das würde er garantiert *nicht* bezahlen.

Aufgrund dieser Tatsache beginnt man, Versicherungsangelegenheiten auszutauschen.

In sich hinein grinsend hält er in Richtung Wald Ausschau nach dem Igel. Aber der ist längst in der Dunkelheit verschwunden. Sie bietet dem Unfallverursacher Schutz. Er hat es ja geahnt: Diesen Abend würde die Dunkelheit seine Verbündete sein.

Nein, eigentlich hat er es gewusst.

6

Als er am Bahnsteig wieder Beton unter den Füßen hatte, merkte er erst, wie brütend heiß es war.

Plötzlich ging nichts mehr so leicht; leichtfüßig wie noch in W. bewegte er sich auch nicht mehr fort.

Was war jetzt eigentlich zu tun?

Er musste einen Bus bekommen. Um nach Hause zu kommen. Natürlich.

Er ging also auf dem Bürgersteig entlang der Schnellstraße, denn er wollte zur nächstgelegenen Bushaltestelle kommen. Möglichst schnell. Er fühlte sich nicht mehr belustigt von seinem Auftritt. Sogar sein Galgenhumor war verschwunden. Er war genervt. Und wollte sich hinlegen, nicht, um zu schlafen, sondern nur, um nicht mehr stehen zu müssen.

Am Straßenrand sah er einen Igelkadaver. Seinen Gedärmen konnte man nicht gerade Entscheidungsfreude nachsagen. Sie hatten noch keine Beschluss ihren Zustand betreffend – sollten sie am Straßenrand liegenbleiben oder endgültig in den Kanal hineinglitschen? - gefasst.

Er würgte.

Und doch hatte er eine wichtige Erkenntnis vorliegen. Eine neue Theorie. Die Igel-Theorie. Es würde die erste und letzte in seinem Leben sein, die Sinn machen würde. Die würde weder zu den Akten gelegt, noch unter der Schreibtischunterlage verschwinden. Die würde er *auf* den Schreibtisch legen; besser noch, er würde sie an die Wand

hängen, in Glas gerahmt. Als Zertifikat für seine Verdienste.
Als Meisterbrief!

Ein junger Mann, der zur Rechten an ihm vorbeiging, blickte
ihn, seinen unguten Zustand bemerkend, aufmunternd an.
Er hatte eine Mütze auf. *Seiner Auffassung nach ist es eine
Art Baskenmütze...*

Jetzt begann er endgültig zu rennen; von der 50er Zone in
die 30er Zone in einen verkehrsberuhigten Bereich in eine
Einbahnstraße.

Dass seine Sporttasche begann, die Haut an seinen
Schultern aufzureiben, bemerkte er nicht.

7

Würde ich es mit Alanis Morrissette halten, könnte ich jetzt
sagen *Thank you, disillusionment,* aber eigentlich danke ich
ihr nicht.

Sie hat mich eingeholt, das steht fest. Ich mache mir keine
Illusionen mehr, ich *kann* kein Großer mehr werden im
Tennissport; auch das steht fest.

Obwohl ich mich bei meinem letzten Auftritt mit 1-6, 0-6
ein wenig verbessern habe können.

Aber was wollte ich eigentlich erreichen?

Ich wollte ein Exempel statuieren. Beweisen, dass es – ohne
teure Trainerstunden und Drill – nur durch Freude am Spiel
und den unbedingten Willen, zu gewinnen, möglich ist,
große Erfolge zu erzielen. Das wollte ich.

Was das angeht, bin ich gescheitert.
Auf der ganzen Linie gescheitert.